Heinrich Huch

Bella!

Und andere Geschichten

Bibliografische Information der
Deutschen Nationalbibliothek:

Die Deutsche Nationalbibliothek verzeichnet diese
Publikation in der Deutschen Nationalbibliografie,
detaillierte bibliografische Daten sind im Internet
über http://dnb.dnb.de abrufbar.

Herstellung und Verlag:

BoD – Books on Demand, Norderstedt

ISBN 978-3-752-86308-6

Inhalt

Vorwort

Die Geschichten in diesem Buch wurden zuerst auf Twitter veröffentlich, in Form von verketteten Tweets („Threads"). Sie wurden weitestgehend in ihrer ursprünglichen Form belassen, was ihre etwas eigenwillige Struktur (sie bestehen fast durchgehend aus Absätzen von maximal 280 Zeichen) erklärt.

Ermutigt durch positive Rückmeldungen wurden die Geschichten länger und länger, fanden mehr Freunde und irgendwann kam dann die Frage, ob man sie nicht irgendwo bequem und zusammenhängend lesen kann, gern auch offline. Einige gingen so weit, anzudeuten, dass sie gar gewillt wären, Geld dafür zu zahlen. Nun denn.

Die vorliegende Fassung entspricht also weitestgehend der Originalveröffentlichung, ist allerdings bereinigt um Tipp- und ähnliche Fehler, die sich im Eifer des Gefechts und der Spontandichtung nun mal einschleichen. Und sie enthält Bonusmaterial. Sofern es sich dabei nicht einfach um bisher unveröffentlichte Fortsetzungen der Geschichten handelt, sondern um signifikante Ergänzungen innerhalb des bestehenden Textes, sind diese *kursiv* hervorgehoben.

Sie ist ansonsten nicht lektoriert, desodoriert oder pasteurisiert und erhebt keinerlei literarischen Anspruch. Es wäre einfach nett, wenn Sie sich beim Lesen ein wenig amüsieren würden.

Noch ein Hinweis: Niemand, am wenigsten der Autor selbst, weiß, wann und ob die Geschichten zu Ende sind. Mit Fortsetzungen ist also zu rechnen.

Vielen Dank an alle, die mich durch ihr positives Feedback zum Weiter- und Weiterschreiben ermuntert haben!

Für die Covergestaltung geht ein besonderes Dankeschön an die famose @GywerMelanie.

Euer Heinrich. Der Neunte.

(Twitter-Handle: @drhuch)

Bella! (2018)

Kapitel 1 – Hinter der Zeitung

Am Nebentisch spekulieren vier Frauen mittleren Alters wild, was Männer alles so denken und fühlen.

Mir kommen Zweifel, ob die überhaupt welche kennen.

Eine fünfte sitzt so, dass sie mein unzureichend unterdrücktes Grinsen sehen kann und hat offenkundig beschlossen, sich an der Diskussion nicht zu beteiligen. Ab und an zieht sie eine Augenbraue hoch. Was war das nur für ein Laden wo man zu Wildfremden an den Tisch gesetzt wurde.

Möglicherweise handelt es sich auch um eine Geisel und unter dem Tisch bedroht sie jemand mit einer Waffe und deswegen sieht sie so unentspannt aus. Wer weiß das schon. Munter schwärmt derweil eine Frischverliebte von tiefen Gefühlen ihres neuen Lovers.

Mir wird ein wenig übel.

Er bringt ihr stets Blumen und Konfekt. Gut, es sind Fresien, die mag sie eigentlich gar nicht, aber das wird er zwischen den Zeilen sicher bald heraushören. Und die Aldipralinen, die schenkt sie immer der Nachbarin. Süßes mag sie eh nicht. Aber das sagt sie ihm natürlich nicht.

Er ist ja so feinfühlig und merkt das ganz bestimmt ganz bald selber. Ansonsten ist er perfekt. Gut, seinen Kleidungsstil, daran müsse man noch arbeiten. Und dieses After Shave, naja. Und Sushi mag er auch nicht.

Aber er trägt sie förmlich auf Händen. Wenn auch meistens ins Bett.

Überhaupt, im Bett, da gäbe es natürlich noch gewisse Optimierungspotenziale. Sie gäbe ihm ja immer schon so kleine Zeichen, Ihr verstecht, aber seine Antennen wären wohl noch nicht auf sie feinjustiert.

Ich denke mir "Was? Der hat mehrere?" und pruste etwas Kaffee auf den Tisch.

Der Kellner, der den Damen neue lauwarme Kaffeespezialitäten bringt, ist keine 20. Er kriegt die Diskussion voll mit und verdächtig rote Ohren. Nachdem er wieder hinter der Bar verschwunden ist, wird sein Hintern diskutiert. Lieb gemeinte drei von fünf Sternen lautet der Konsens.

Ich bin dankbar, dass die FAZ absolut blickdicht ist, aber Schallwellen recht gut durchlässt. Drüben wendet man sich nun, etwas überraschend, anscheinend innovativer und vor allem nachhaltiger Chronometertechnologie zu, jedenfalls geht es um irgendeine biologische Uhr, die tickt.

Hinter einem Smartphone könnte ich jedenfalls meine zeitweise entgleisenden Gesichtszüge nicht halbsogut verbergen, wie hinter einem Printmedium. Armin darf nie erfahren, dass eines der Kinder vom Steuerberater ist. Das würde sein Ego nicht verkraften. Zum Glück sind beide blond.

Armin, falls du das liest und einen blonden Steuerberater hast, sieh es positiv, das erste ist definitiv von dir. Aber nur, weil sie die Pille wieder ausgekotzt hat. Wegen der blöden Fischvergiftung. Weil du sie in diese Kaschemme geschleppt hast. Du elender Geizkragen.

Julia, deren Gesicht ich nicht erkennen kann, weil sie mit dem Rücken zu mir sitzt, empfiehlt eine Paartherapie. Peter hätte seitdem seine rasende Eifersucht viel besser unter Kontrolle. Den Kommentaren der anderen zufolge vögelt Julia alles, was nicht bei drei auf dem Baum ist.

Die Unterhaltung wendet sich nun ohne irgendeinen für mich erkennbaren Übergang der Behandlung obskurer Frauenleiden mit bei Mondschein gepflücktem Bio-Siebenwurz zu. Ich beginne, das Interesse zu verlieren, als Julia sich kurz zur Tür umdreht und ich ihr Gesicht erkennen kann.

Ich muss nun leider ein wenig ausholen. Peter besitzt ein gutgehendes Autohaus im Nachbarort. Ein Familienbetrieb, übernommen von seinem Vater. Das weiß jeder. Die Besitzübertragung fand am Tag vor Peters Hochzeit mit Julia statt, so dass sie im Fall der Fälle keinen Penny sähe.

Das weiß ich, weil Peters Mutter einmal im Monat im Theaterbus der Landfrauen neben meiner...aber das führt jetzt hier zu weit. Nun plant Peter, den Laden an einen Konkurrenten zu verkaufen. Und seinen Lebensabend in der Karibik. Das weiß ich, weil sein Konkurrent mein Spezl ist.

Was weder ich noch Julia zu diesem Zeitpunkt wissen: Peter plant seine karibische Zukunft als Frischgeschiedener mit einer gewissen Birgit. Sie erinnern sich an die schweigsame fünfte Dame, von der ich zu Anfang erzählt habe?

Aber das erfahre ich erst beim nächsten Theaterabend.

Zwei der drei Frauen gehen zusammen aufs Klo. Routiniert klären die Verbliebenen etwaige Loyalitätskonflikte ab, bevor sie herzhaft über die beiden Abwesenden herziehen. Ja. Die dritte Hautstraffung. Wenn die die Augen zumacht, klappen sich die Fußnägel hoch. Und der Busen erst.

Mit ihrem Mark solls ja auch nicht mehr so richtig laufen. Der hätte jedenfalls neulich auf der Gartenparty von der Frau Dr. Hülsheimer ach da wart Ihr ja gar nicht TOD-schick sag ich Euch jedenfalls und das Catering allerfeinst. Nur die Austern. Denen hab ich ja nicht so getraut.

Überhaupt kriege sie von Austern ja gerne mal so einen unangenehmen Ausschlag, genau da (sie entblößt kurz ein Körperteil dessen Beschreibung man mir als Gentleman hier nicht abverlangen möge). Aber wenn ihr Gerd ein paar Austern, also man wisse ja schon was das mit den Männern so mache.

Wieder wendet sich das Gespräch gesundheitlichen Problemen zu, denen man mit frei und weniger frei verkäuflichen Arzeneien zu (Unter)leibe rückt. Im Falle des Versagens der Selbstmedikation vertraut man dem persischen Gynäkologen mit der sanften Stimme und den rehbraunen Augen.

Die Diskussion dreht sich um Dinge, die ich nicht durchblicke. Wieviele WeightWatchers-Punkte kriegt man gerade für einen Euro? Ist das sowas wie Bitcoin? Am Ende umfangreicher Berechnungen unter Zuhilfenahme von Smartphone und Schierfertafel entsteht jedenfalls Konsens: PROSECCO!

Prosecco, dieser Schaumwein fragwürdiger Qualität, den alle schlürfen, die mehr Wert auf Zeitgeist als auf Flaschengärung legen, verfolgt uns ja nun schon seit etwa 25 Jahren. Der einzige Weg ihm zu entgehen ist sich als Antialkoholiker zu outen. Oder ggf. als Heterosexueller.

Einer der wenigen Vorteile, die man als Mann noch hat: Keiner erwartet von dir, Prosecco zu trinken. Oder beim Blick in einen fremden Kinderwagen umgehend einen Milcheinschuss zu kriegen. Womit wir beim nächsten Thema wären. Überschüssige Muttermilch und der Umgang mit derselben.

Ich möchte Ihren zarten Gemütern die unappetit(t)lichen Details der nun folgenden Beschreibungen von Laktationsunfällen ersparen. Und das Mark gern Muttermilch in seinen Kaffee mochte. Lassen Sie uns stattdessen lieber über den Vorteil von Fortpflanzung mittels Reagenzglas reden.

Draußen hagelt und stürmt es. Irgendeiner höheren Macht scheint es zu behagen, mich hier leiden zu lassen. Jajaja. Alles ganz natürlich. Milchpumpen, Dammrisse und Scheidenpilze. "Was gehst du auch immer in diese Whirlpools, du weißt doch das sind die reinsten Chlamydiensprudel".

Die rasanten Themenwechsel machen mich fertig. Plötzlich wird Urlaubsquartett gespielt. Kanaren. Dänemark.

Wegen der Kinder. Dieses Jahr noch. Dann aber Kenia. Oder lieber Kreuzfahrt. Man hört ja so viel. Fernreisen sind ja out. Außer Asien. Asien geht immer. Julia hat Flugangst.

Ob man nicht mal gemeinsam, so nur wir Frauen? Wellness? Oder Wandern? Jakobsweg muss man ja fast schon. Heilfasten. Und viel Bewegung. Die Eliza muss dann aber auch mit. Eliza (mit Zett geschrieben und gesprochen) ist anscheinend aus Kapstadt und die gemeinsame Zumba-Trainerin.

Deswegen sitzt man hier auch in trauter Runde beisammen. Zumba-Eliza hat nämlich ihren Kurs für heute abgesagt. Weil wegen Eisprung und so. Man zwinkert sich verschwörerisch zu. Heute müsse die Glocke werden. Um Elizas Fruchtbarkeit steht es, so ist zu vermuten, nicht zum Besten.

Und was denn wäre, wenn die Eliza doch schwanger würde? Und auch wenn nicht. Die sei ja schließlich lesbisch. Müsste man ihr da nicht anbieten, ihre "Freundin" mitzunehmen? Man könne ihr ja kicher, kicher in dieser Hinsicht nichts bieten sonst. Könne man doch nicht, oder? ODER?

Nachdem man sich gegenseitig seiner Heterosexualität versichert hat "So Mädchensachen zählen natürlich nicht" beschließt man, die Rechnung kommen zu lassen. Ich zahl das heute. Nein du hast letztes Mal. Kommt nicht infrage. Kerstin hat noch nie.

"Getrennt oder zusa..?"

"GETRENNT"

Meine Ohren klingeln. Frauen kommunizieren ja, um Nähe herzustellen. Hab ich mal gelesen. Ob die Zicken sich jetzt näher sind als vorher? Wer bin ich, das zu beurteilen. Im Internet buche ich eine Woche Kur in einem Schweigekloster. Frauen sind da willkommen. Es buchen nur keine.

Ich spreche ja nur selten dem Alkohol zu, aber das Fläschchen mit dem erzeugerabgefüllten Waldhimbeergeist zwinkert konspirativ. Ich winke dem noch von seiner Dreisternebewertung traumatisierten Kellner, er versteht und stellt ein Obstbrandglas auf die Theke. Und eins für sich.

Kapitel 2 – Autowäsche mit Folgen

Genau eine Woche später warte ich an der Waschanlage, bis lackschonende Textilfleppen sich rotierend an meinem armen Auto ausgetobt haben. Gegenüber der Tankstelle befindet sich das Fitnessstudio, in dem die fortpflanzungswillige Eliza ihrem schweißtreibenden Broterwerb nachgeht.

Und da kommen sie schon, die Gladiatorinnen der rhythmischen Leibesertüchtigung. Kerstin stützt Julia und Armins Holde zieht ein Bein nach. Birgit hält sich würdevoll aufrecht, als käme sie gerade von einem Einkaufsbummel. Mit hochroten Kopf, weil die Kreditkarte abgelehnt wurde.

Die fünfte im Bunde fehlt noch. Während ich mich gerade zugegebenermaßen etwas schadenfroh in Spekulationen ergehe, ob sie wohl noch unterm studioeigenen Sauerstoffzelt liegt, passieren, die kleinen Sünden straft der Herr bekanntlich sofort, zeitgleich zwei schicksalhafte Dinge.

Zum einen verlässt besagte Dame, ich meine mich zu erinnern, dass sie mit einem gewissen Mark liiert ist, den Fitnesstempel. Sie zieht mühsam eine monströse Sporttasche hinter sich her, in die bequem mein kompletter Hausstand zu Studentenzeiten gepasst hätte. Inklusive Fahrrad.

Zum anderen springt die Waschanlange auf "Störung" und nimmt mein Auto in Geiselhaft. Ich zucke mit den Schultern und mache mich auf in Richtung

Tankstellenkasse, die Bedingungen für die Freilassung zu verhandeln. Die sieben hinter mir wartenden Fahrzeughalter wirken unentspannt.

Gerade will ich der gelassen ihre Fingernägel polierenden Kassiererin mein Leid klagen, als ich einen Ellenbogen in meinen Rippen spüre. Gleichzeitig landet etwas Schweres auf meinem Fuß.

"AUA. Sagen Sie mal."

"Entschuldigung. Das ist ein Notfall. DAS ÜBLICHE. ABER ZACKZACKZACK!"

Sie erraten wer neben mir steht. Eine dramatisch unterzuckerte Frau, einen Kopf kleiner als ich, mit schwarzgelockten Haaren und einer Laune wie ein vegetarisch zwangsernährter Ork. Altersweise weiche ich ein Stück zurück. Auch die Tankwärtin gerät jetzt schlagartig in Wallung.

Vertraut mit "Sofortmaßnahmen am Unfallort" reicht sie zügig ein Mars (Kingsize), eine Flasche Cola (0,5 Liter) und eine Bifi über den Tresen. Dann drückt sie nach flüchtigem Blick auf die Steuertafel einen roten Knopf, gibt mein Auto frei und wendet sich wieder ihren Nägeln zu.

Kennen Sie die Geschichte vom Lost Lake in Oregon, der einmal im Jahr mit einem satten Rülps komplett in einem Erdloch verschwindet? Als ich den Kassenbereich verlasse, scheint hinter meinem Rücken ein vergleichbares geologisches Phänomen die norddeutsche Tiefebene heimzusuchen.

"Schuldigung" kleinlaut zieht die ausweislich eines Namensschildes an ihrer Sporttasche "Bella" getaufte durstige Dame selbige an mir vorbei "Nicht mein Tag heute. Nicht. Mein. Tag."

Der Gentleman in mir erwacht aus tiefem Schlaf, ich biete an, ihr die Tasche zum Auto zu tragen.

Bella beginnt, unkontrolliert zu kichern. Zugegeben, diese Reaktion hatte ich nicht erwartet. Obwohl mich, seit ich Anfang der 90er einer Vorkämpferin der Emanzipation in den Mantel helfen wollte und dafür beinahe übel verprügelt worden wäre, ja kaum noch etwas überraschen kann.

Ich fürchte, in die Dreharbeiten des Sequels von "Frauen am Rande des Nervenzusammenbruchs" geraten zu sein und überlege fieberhaft, wie mit so einer Situation umzugehen ist. Das Männerhandbuch, dessen Existenz ich hiermit weder bestätige noch dementiere, schweigt dazu leider.

Ich verfrachte Bella samt Großraum-Tasche auf die Sitzbank neben dem Autostaubsauger mit dem vergilbten "Außer Betrieb"-Schild. Mein Auto blockiert die Waschanlage. Ich muss hier aktiv werden, bevor der Mob sich mit Fackeln und Mistgabeln bewaffnet und die Karre in die Luft jagt.

Als ich das Auto auf dem Kundenparkplatz des zur Tankstelle gehörenden Autohauses abstelle, wirft ein beschlipster Jüngling aus seinem Glaskasten im Neuwagen-Schauraum einen taxierenden Blick erst auf mein Gefährt und dann auf mich, ehe er sich wieder seinem Papierkram zuwendet.

Bella befindet sich zum Glück exakt da, wohin ich sie aufgeräumt hatte und fixiert nachdenklich den schlaff herabhängenden Schlauch des Autostaubsaugers neben sich. Ich überlege, womit mir in dieser Situation am besten geholfen wäre. Ich ziehe eine Tüte Gummibären aus der Tasche.

Bella lächelt dankbar, beginnt umgehend, die grünen Bärchen aus dem Beutel herauszufischen und ich bin ziemlich sicher, die Liebe meines Lebens gefunden zu haben. Aber dazu kommen wir später. Zunächst gilt es zu klären, wie der Dame geholfen werden. Haribo hilft nicht auf Dauer.

Die Höflichkeit gebietet, so denke ich mir, mich vorzustellen. "Ich bin..." hebe ich an, als sie mich mit einem "Wir kennen uns" abwürgt. Nun bin ich wirklich kein Schwerenöter, der leicht den Überblick über seine amourösen Abenteuer verliert, aber zum Teufel, WER WAR DIE FRAU?

Halb so wild. Sie entpuppt sich als die kleine Schwester eines Schulkameraden.

Die Anfang der 80er in heißer Liebe zu mir entbrannt war, wovon ich leider erst jetzt erfahre, weil ich damals zu blöd war, sie überhaupt zu bemerken. Mein Karriereweg als Casa-NO-va war schon damals vorgezeichnet.

Wie ich nun erfahre, heißt ihr Mann anscheinend gar nicht Mark, sondern Muttersöhnchen Blödarsch und hat eine andere. Was Bella veranlasst hatte, ihre Siebensachen theatralisch in eine Sporttasche zu packen. Der dramatische Abgang litt ein wenig, als dann ihr Auto nicht ansprang.

Schließlich gelang es, ihr geriartrisches Gefährt zu überzeugen, sie zum Zumbakurs zu bringen. Mit einem traurigen letzten Seufzer verendete der einzige treue Begleiter, der ihr geblieben war, auf dem Parkplatz des Fitnessstudios. Sie zeigte in Richtung eines kleinen Rauchfadens.

Ihre Mutter, bei der sie eigentlich Unterkunft finden wollte, war dann noch spontan mit dem rüstigen Herrn Meisel von nebenan in sein Appartement auf Teneriffa geflogen. Und hatte ihre Wohnung über Airbnb an zwei reizende pensionierte Lehrerinnen aus Nordschottland vermietet.

Ihr Bruder, mit dem ich während unserer gemeinsamen Schulzeit geschäftlich zu tun hatte, war schon vor Jahren nach Kanada ausgewandert. Wir hatten damals einen schwunghaften Handel mit, sagen wir, hochwertigen und kaum gebrauchten Erotikmagazinen aufgezogen. Wir waren quasi youporn an unserer Schule.

Dann war noch während des Trainings ihr Spind geknackt worden, allerdings auf richterliche Anordnung, denn dessen Vormieter schien einen schwunghaften Handel mit, sagen wir, Muskelaufbau begünstigenden Präparaten betrieben zu haben. Bevor er sich dann ins Ausland abgesetzt hatte.

Während Drogenspürhund Dolf zärtlich ihren BH abschleckte, ausgerechnet den teuren, roten mit der neckischen Spitze, hatte sie dem freundlichen Polizeibeamten mit Mühe glaubhaft machen können, dass sie nicht die Geliebte des Dealers war und diese Tasche nicht ihr Fluchtgepäck.

Ihre Freundinnen waren zwar voll des Mitgefühls, aber in Sachen Unterkunftsgewährung wenig hilfreich. Kerstin hat grad den Maler, Julia den Hausfreund und Bine (das muss die von Armin sein) ihre Schwiegermutter zu beherbergen. Birgit wohnt scheidungsbedingt zur Zeit auch nur möbliert.

Beim Zumba hatte sie dann zu allem Unglück den Zorn von Eliza auf sich gezogen, was in schweißtreibenden Konsequenzen resultierte und das malade Erscheinungsbild der Damengruppe von vorher erklärt. Und möglicherweise den Unwillen ihrer Freundinnen, ihr in ihrer Not beizustehen.

Zugegeben, es war keine ihrer allerbesten Ideen gewesen, in Elizas Hörweite über die bei künstlicher Besamung doch etwas zu kurz kommende Romantik zu spekulieren. Dabei ging es in dem Gespräch eigentlich nur um eine am Vorabend gezeigte arte-Doku über moderne Rinderzuchtbetriebe.

Bis oben hin vollgepumpt mit Fruchtbarkeitshormonen, die für die Wiederbevölkerung der Erde nach einem Meteoriteneinschlag ausgereicht hätten und damit, vorsichtig ausgedrückt, leicht reizbar hatte ihre Trainerin das für eine Schutzbehauptung gehalten. Und sie alle leiden lassen.

"Ha!"

Bella springt unvermittelt auf.

"Hä?"

Ich gebe zu, ich hatte durchaus schon eloquentere Momente als diesen.

"Das Wohnmobil."

"Äh?"

"Das steht beim alten Reimers. Und der hat Schlüssel."

Sie sind ob dieses Dialoges ratlos? Ich auch. Warten wir, wie sich die Dinge entwickeln.

Der alte Reimers war der vierte Sohn eines Großbauern zwei Dörfer weiter. Aufgrund obskurer Erbfolgeregelungen zum Hoferhalt, die noch aus welfischer Zeit stammen, bestand sein gesamter Anteil an der elterlichen Hinterlassenschaft aus einem unfruchtbaren Stück Brache am Ortsrand.

Als eben dieser Bereich dann als Gewerbegebiet ausgewiesen wurde, wobei wohl nicht von Schaden gewesen war, dass im Gemeinderat drei Brüder von ihm saßen, schlug seine große Stunde. Er baute eine Halle zur Unterbringung von Booten, Cabrios, Wohnmobilen und anderen Saisonartikeln.

Auch das Gefährt von Mark und Bella steht dort, wie ich nun erfahre. Sie hat zwar keine Autoschlüssel dafür, aber Reimers. Zwecks Umparken bei Feuersbrunst und so. Ob ich sie nicht eben dahinfahren könnte? Ewige Dankbarkeit wäre mir sicher. Ihr Augenaufschlag ist unwiderstehlich.

Wäre es etwas später am Tag und schon dunkel, die vorbeirollende Polizeistreife hätte sich die beiden Gestalten, die einen leichensackgroßen Gegenstand in einen Kofferraum wuchten, wohl etwas näher angeschaut. Wir wirken unverdächtig, der Wachtmeister holt zwei Eis von der Tanke.

Kapitel 3 – Bundesstraßenromantik

Ich fahre auf der Bundesstraße dem Wohnmobil hinterher. Bella hat einen Standplatz auf einem Campingplatz am Fluss ergattert, der um diese Jahreszeit aufgrund regelmäßig auftretender Überschwemmungen zugleich überlaufen und nicht überlaufen ist. Schrödingers Campground sozusagen.

Plötzlich biegt sie von der Straße auf einen übel beleumundeten Parkplatz ab. Was zum...

Ich parke neben ihr. Die Zornesfalte auf ihrer Stirn ist süß. Sie wartet nicht, bis ich das Autofenster runter habe. Muss sie auch nicht.

"Verdammter Arsch. Nicht getankt. Typisch. Ficker."

Seufzend lade ich mir einen 20-Liter-Kanister ins Auto, der wohl eigentlich für die geplante gemeinsame Durchquerung der Wüste Gobi oder eine vergleichbar waghalsige Unternehmung angeschafft worden war. Die nächste Tankstelle ist 10 km weit weg und hoffentlich noch geöffnet.

Als ich mit dem kostbaren Sprit zurückkomme, ist passiert, was passieren musste. Neben Bellas Fahrzeug steht ein weiteres Mobilheim, etwas abgeschrottet , aber dafür mit einer schicken roten Lampe im Führerhaus ausgestattet. Hinter mir biegt ein Tanklastzug auf den Parkplatz ein.

Einige Minuten später beobachtet die Hälfte der arbeitenden Bevölkerung unseres Landkreises beim abendlichen Nachhausependeln, wie mich eine junge Frau freudig begrüßt, während ich in ihr Nuttenmobil einsteige.

Was ich im Verlauf der nächsten Stunden lerne:

Die Dame im Reisemobil nebenan heißt Lena. Lena kommt aus der Slowakei und ihre Möpse aus Tschechien. Lena ist supernett.

Bei Lena kann man vielleicht keine Tasse Mehl leihen, dafür verfügt sie über ein vielfältiges Kondomsortiment.

Sollten Sie mal in die Situation geraten, überraschend in einem Wohnmobil an der B3 übernachten zu müssen, weil der an Bord befindliche Rotweinvorrat und seine Besitzerin Ihre Weiterfahrt untersagen, so rechnen Sie damit, dass um 2:30 Polizeimeisterin Jutta Schuster ans Fenster klopft.

Wir bestätigen verschlafen, dass bei uns wirklich alles ok ist. Lena klönt draußen noch ein paar Minuten mit den Polizisten, dann hört man den Streifenwagen losfahren. Bella verschwindet unter der Bettdecke. Vermutlich will sie nur nachsehen, ob noch grüne Gummibärchen da sind.

An erholsamen Nachtschlaf ist allerdings weiterhin nicht zu denken. Nicht, was Sie denken. Obwohl...aber das gehört hier nicht hin.

Gegen 3:15 Uhr hat Lena Feierabend und wird abgeholt. Ihr Lebensgefährte/Manager fragt höflich an, ob Bella vielleicht einen Beschützer benötigt.

Bella zeigt nur stumm auf mich, woraufhin der freundliche Herr kurz mit den muskulösen Schultern zuckt. "Dann nicht. Angenehme Nachtruhe."

Ich grüble, ob sein Schulterzucken hieß "Die braucht keinen Beschützer, weil sie ja einen hat" oder "Vor DEM muss sie eh keiner beschützen".

Kurz nach vier dann steht plötzlich lautstark pöbelnd ein Mann vor dem Bett, der offenkundig einen Schlüssel für das Wohnmobil besitzt und bei dem es sich folglich um Bellas bessere Hälfte namens Mark handelt. Mir ist etwas warm, ich beschließe daher, ein wenig Luft zu schnappen.

Draußen bemerke ich, dass es begonnen hat zu nieseln und meine Bekleidung dafür zu luftig ist. Ich setze mich also kurzerhand in Marks Wagen. Auf den Fahrersitz, denn auf der Beifahrerseite sitzt schon jemand.

Ich stelle mich höflich vor, denn Julia kennt mich ja noch nicht.

Wir unterhalten uns angeregt und kultiviert, während drinnen im Wohnmobil das Gesprächsklima deutlich rauer zu sein schein. Jedenfalls kommt Mark nach etwa einer Viertelstunde zum Auto getorkelt und hält sich sein linkes Auge. Ich empfehle zunächst Kühlung und dann mich selbst.

Als ich der wütenden Bella berichte, wen ich in Marks Auto angetroffen habe, fallen böse Worte, die man nicht in der Klosterschule lernt. Offenbar hatte der Gute ganz vergessen zu erwähnen, dass er auf dem Rückweg von seinem Liebesnest das Wohnmobil hier zufällig entdeckt hatte.

Mark, das weiß er allerdings zum jetzigen Zeitpunkt noch nicht, wird in Kürze Peter als willkommener Vorwand dienen, Julia zu verlassen. Um dann bei Birgit einzuziehen. Aber wie gesagt, davon ahnt niemand was. Wir auch nicht. Zum Glück. Sonst wäre ja der Spannungsbogen im Arsch.

Es ist kompliziert.

Kapitel 4 – Das Diana

Ich sitze übermüdet am Steuer des Wohnmobils. Für einen Wohnblock auf Rädern fährt es sich eigentlich ganz kommod. Bella hat noch einen Geschäftstermin und ich habe mich breitschlagen lassen, ihr mein Auto zu leihen. Damits da keine doofen Fragen gibt, wenn sie mit Caravan kommt.

Hätte ich allerdings geahnt, wo dieser Termin stattfinden würde, ich wäre weniger entgegenkommend gewesen. Aber der Reihe nach. Erstmal gilts, für das Reisemobil auf dem Campingplatz ein trockenes Plätzchen zu finden. Bella würde mich dann dort treffen. Zwei Stündchen. Höchstens.

Was sie eigentlich beruflich macht, ist mir noch nicht so hundertprozentig klar. Eigentlich hatte ich gehört, dass sie als Maskenbildnerin an den städtischen Bühnen tätig war, aber das konnte auch der übliche uninformierte Dorfklatsch gewesen sein. Wird schon nix Verbotenes sein.

Oh ich ahnungsloser Tropf.

Der Platzwart weist mir in seiner Allmacht und Güte einen Stellplatz zu, von dem er hoch und heilig verspricht, dass keines der Hochwasser der letzten 500 Jahre ihn erreicht hätte. Eigentlich lauschig hier. Ich beschließe ein wenig Schlaf nachzuholen.

Das Tuten eines Binnenschiffs vom nahen Fluss weckt mich knappe drei Stunden später. Von Bella noch keine Spur, immerhin hat der Kiosk aber anständigen

Filterkaffee. Den neuesten Dorfklatsch gibts von Frau Platzwart gratis dazu. Ihr Mann hätt nämlich grad angerufen, vom Einsatz.

"Einsatz?" frage ich höflich, aber nicht übermäßig interessiert. Ja, bei der Freiwilligen Feuerwehr sei ihr Willy. Seit 40 Jahren schon. Und vor zwei Stunden wär der Melder gegangen. Und ich würde nicht glauben, wo er hingerufen worden sei. Zum -sie räuspert sich- Diana. Ehrlich.

Eigentlich heißt es ja "Die Diana", in diesem speziellen Falle ist Das Diana allerdings ein kreisbekanntes Etablissement, in dem sich Freunde der spärlichen Bekleidung zwecks gemeinsamer Freizeitgestaltung treffen.

Es wird schlüpfrig, sie erhält meine ungeteilte Aufmerksamkeit.

In diesem Edelpuff jedenfalls hatte sich bis in den Morgen hinein ein örtlicher Bauunternehmer mit ein paar Spezln kostenpflichtigen Vergnügungen hingegeben, bei denen es wohl zu intensiven Aktivitäten der Völkerverständigung gekommen war. Schwerpunktmäßig mit Osteuropäerinnen.

Dieser kleine Grenzverkehr endete leider mit einem Eklat, als die stets prallgefüllte Brieftasche des Baumagnaten im Getümmel verschwunden war. Seine Neigung zu Jähzorn schien hier im Bordell unbekannt, und zunächst forderte er auch nur zivilisiert die Rückgabe und alles wäre gut.

Nein, man hatte keine Ahnung, wo das Portemonnaie des Herrn geblieben war. Ob ers vielleicht gar zu Hause vergessen hätte? Nein. Da könne man nichts für ihn tun.

Taktischer Fehler. Er führte ein kurzes Telefonat, das mit den Worten "ABER PRONTO" endete. Und nahm an der Bar Platz.

Eine Zeit lang geschah nichts. Das Puffpersonal zuckte mit den Schultern. Der würde sich schon abregen. Komisch. Was vibrierte denn hier so? Erdbeben waren hierzulande nahezu unbekannt. Eine der Damen blickte aus dem Fenster. Auf eine schier endlose Kolonne schwerer Betonmischer.

Das Diana liegt quasi auf direkter Linie zwischen dem Kieswerk und der Brückenbaustelle über die Güterbahn. Für die, Sie werden es erraten, ein örtliches Bauunternehmen den Zuschlag erhalten hatte. Flugs ein paar Laster grauen Schmackes' umzulenken kostete mithin nur einen Anruf.

Einer der LKW rangierte gekonnt in bis vor den Eingang des "FKK-Clubs". Seine Trommel drehte sich gelassen vor sich hin und über eine Rutsche am Heck ergoss sich hochwertiger Flüssigbeton auf den zum Haus leicht abschüssigen Parkplatz. Unter dem Personal machte sich Panik breit.

Wie durch ein Wunder tauchte die vermisste Geldbörse auf einem Beistelltisch neben einer Schmuckdose mit Kleenextüchern wieder auf. Na also. Ein weiterer Anruf und der Betonmischertrek zog wieder weiter, westwärts, wo die Deutsche Bahn schon seiner harrte. Der Spuk war vorbei.

Nicht ganz spurlos allerdings, 10 Kubikmeter Beton hatten wohl den Eingangsbereich und ein dort parkendes Auto in Mitleidenschaft gezogen, weswegen man die Ortsfeuerwehr um technische Unterstützung bitten musste. Die Platzverweserin und ich lachen herzlich. Moment. Mein Telefon.

Es ist Bella. Sie wirkt ziemlich aufgelöst. Vermutlich schon wieder dieser Volldepp von Mark. Nein. Es geht diesmal nicht um ihn. Prima. Es geht stattdessen nur um WAS? MEIN AUTO?? Und ob ich vollkaskoversichert wäre. Und irgendwas mit Beton.

Der Parkplatz des Diana ist von der Straße aus naheliegenden Gründen nicht einsehbar. Was mir heute nicht sehr viel hilft, denn ein Reporter des örtlichen Wochenblattes knippst feixend Foto über Foto von meinem bis zum Kotflügel im Beton steckenden Fahrzeug. "Willkommen im Diana".

Ich lasse mir gerade mögliche Auswanderungsziele durch den Kopf gehen, als Bella, eine dralle Blondine deutlich jenseits der 60 im Schlepptau, auf mich zugestürmt kommt. Der zweite Zug der Freiwilligen Feuerwehr unterbricht sein Abrücken und beobachtet uns interessiert.

Die durchaus mondäne Dame stellt sich als Besitzerin dieses Etablissements vor und man wolle das alles so diskret wie möglich handhaben.

Ein Übertragungswagen von Sat1 Regional fährt vor. Ich bitte die Feuerwehrleute um einen Schraubenzieher und demontiere meine Nummernschilder.

Bella, so erfahre ich, hatte bis vor ein paar Jahren einen eigenen, angesagten Frisiersalon in der Stadt. Madame gehörte dort zu ihren Stammkundinnen und seit sie mit Mark hier herauszogen war, kriegten einmal im Monat die Diana-Damen von Bella die Haare schön.

Die Fernsehfuzzys filmen derweil mein Auto, ein offenbar für kleines Geld angeheuertes Nacktmodel räkelt sich lasziv auf der Motorhaube. Mir wird ein wenig schwummerig. Bella und Madame verfrachten mich ins Haus, wo mir die barbusige Barkeeperin Britney einen Cognac einschenkt.

So langsam bringt mich nichts mehr aus der Fassung. Auch nicht der Handelsvertreter, der neben mir eine Kollektion handgefertigter Edelholzdildos auf den Tresen legt und mit Kerkermeisterin Susi in Verhandlungen tritt. Alles fair gehandelte Ware, versichert er sehr überzeugend.

Bella ist die ganze Angelegenheit furchtbar peinlich. Seufzend sinkt sie auf einen der mit dem bis 60 Grad waschbaren Fell des Polyesterleoparden überzogenen Barhocker. Britney spendiert ihr ein Glas Sekt, Hausmarke, verbindliche Preisempfehlung laut Aushang 195€ die Flasche.

Gemeinsam warten wir auf den Abschleppwagen, während um uns herum die Vorbereitungen für die allmonatliche Lady's Night laufen. Das ist hier wörtlich zu nehmen, männliche Kundschaft hat an solchen Tagen keinen Zutritt und das Personal wird um ein Dutzend junge Männer aufgestockt.

Die trudeln nun nach und nach ein, einer muskulöser und studiogebräunter als der andere. Sie blicken mich fragend und, wie ich finde, etwas mitleidig an. DOINKK. Irgendwo unter uns ertönt ein obszöner Fluch. Wir entdecken Britney, die hinter dem Tresen auf dem Boden herumkriecht.

Zwei Stunden später sind wir voll integriert. Ich hatte Britney geholfen, den Wackelkontakt zu finden, der ihr Kassensystem plagte und Bella es geschafft, in Rekordzeit eine Färbungskatastrophe zu beheben, der die blonde Mähne von Joachim alias "Surfer-Dude" anheimgefallen war.

Das spektakulärste Sixpack hilft einem nämlich als Stripper nichts, wenn die Lockenpracht einen ungesunden Grünstich aufweist. Damit kriegt man, Sie verzeihen das öde Wortspiel, keinen Stich.

Nun sitze ich hier und laminiere noch schnell Namensschildchen für Susis Stammkundinnen.

Allemal eine angenehmere Aufgabe, als wie vorher unter dem Tresen herumzukrauchen und nach einem Kabelbruch zu fahnden. Sie wollen nicht in einem Puff unter der Bar auf dem Boden rumrobben, glauben Sie mir.

Britney und ich jedenfalls hatten uns gegenseitig ewiges Stillschweigen geschworen über das Unaussprechliche, was wir da gesehen hatten. Mit niemanden würden wir es je diskutieren. Schon gar nicht mit dem Gewerbeaufsichtsamt.

Der Abschleppwagen lässt auf sich warten, eine lukrative Massenkarambolage auf der nahen Autobahn bindet alle Kapazitäten. Erste Besucherinnen erscheinen auf der Bildfläche. Die unter ihnen, die eher dem männlichen Geschlecht zugetan sind, werfen mir kurze abschätzende Blicke zu.

Ich kann ihre Gedanken förmlich hören. "Naja, nicht gerade Richard Gere, aber wer weiß, später, wenn ich ein bisschen beschwipst bin..."

Bella kommt zu mir "Sag mal, fühlst du dich auch grad wie bei der Fleischbeschau?" Auch sie war auf potentiellen Lustgewinn hin taxiert worden.

Wir beschließen, das Beste aus der Situation zu machen und verziehen uns mit einer Flasche Rotwein in eine gemütliche Sofaecke, von der aus man das Geschehen unauffällig beobachten kann. Als persönliche Gäste von Madame Sofie, der Chefin, genießen wir eine gewisse Sonderstellung.

Der sich unerwartet rasch entwickelnde Rudelbums genügt höheren ästhetischen Ansprüchen, als wir in einem Puff erwartet hätten. Der Grund, da sind wir uns einig, liegt im Fehlen bierbäuchiger schwarzbesockter Mittfünfziger, die fehlende Potenz durch Kaufkraft ausgleichen wollen.

Ich bin jetzt nicht unbedingt im Pferdestehl-Business, aber sollte ich dafür mal einen Komplizen suchen, Bella wäre meine allererste Wahl.

Wir diskutieren fachmännisch, ernsthaft und mit zunehmendem Alkoholpegel auch hörbar die um uns herum stattfindenden Kopulationsaktivitäten.

Es bleibt natürlich nicht aus, dass das eine oder andere bekannte Gesicht unter den Gästen auftaucht. Ich sehe dies, dank ohnehin durch die Ereignisse der letzten Tage komplett ruinierter Reputation, mittlerweile entspannt. Höflich grüße ich die barbusige Dame von der Sparkasse.

Sie grüßt freundlich zurück, zeigt aber zurzeit wenig Interesse an meiner IBAN, dafür umso mehr an Iwan, der eigentlich Leopold heißt und aus Traunstein stammt, hier aber als peitscheschwingender Dschingis-Khan-Nachbau reüssiert. Sie spielt versonnen mit seinem Pferdeschwanz.

Der Zustrom nach mehr oder weniger anspruchsvoller Erwachsenenunterhaltung strebender Besucherinnen ebbt nicht ab. Die zweite Schicht Lustknaben tritt nun ihren Dienst an, die erste verlässt unauffällig auf dem Zahnfleisch den Club durch die Hintertür.

Alle rücken näher zusammen.

Bella nimmt ganz selbstverständlich auf meinem Schoß Platz, um auf unserer Bank Raum zu schaffen für eine langbeinige Brünette, die aus unerfindlichen Gründen mit einer hautengen Jeans hergekommen ist, und ihren Latin Lover, der sich redlich müht, sie von selbiger zu befreien.

Kapitel 5 – Eliza mit Zett

An die darauffolgenden Ereignisse haben sowohl Bella als auch ich nur noch lückenhafte Erinnerungen. Das Foto, dass mich nackt kopfüber an einer Poledance-Stange zeigt, ist mit ziemlicher Sicherheit genauso eine gutgemachte Montage wie das mit Bella und der gefesselten Bankerin.

Woran ich mich hingegen erinnern kann, ist eine sportliche junge Frau mit traurigen Augen, die mir Bella als eine gewisse Eliza (mit Zett!) vorstellte, die sich gerade von ihrer Freundin getrennt hätte und deswegen hier im Club Zerstreuung suchte. Woher kannte ich nur den Namen?

Und wieso murmelt mir Bella "Duuu sag mal bin ich jetzt eigentlich lesbisch?" ins Ohr und steht diese Frage in einem Kausalzusammenhang mit der Tatsache, dass Eliza mit in unserem Wohnmobilbett liegt und schnarcht wie ein gaumensegelgeschädigter Holzfäller? Alles sehr mysteriös.

Die Nahrungsmittelvorräte im Wohnmobil beschränken sich auf eine Tüte Brandt-Zwieback und zwei Dosen Ölsardinen. Meine Vorstellungen von einem üppigen Frühstück mögen Ihnen überkommen erscheinen, aber mich verlangt es nach frischen Brötchen, Erdbeermarmelade, Rührei und Aspirin.

Um diesem Versorgungsengpass zu entgehen, manövriere ich das Wohnmobil samt seiner notdürftig renovierten Bewohner durch winkelige Kleinstadtgassen. Ein Müllwagenfahrer grüßt mich kollegial. Bella zeigt auf eine Busbucht. Der nächste käme erst in einer

Stunde, und vor 10 Uhr wären die Damen von der Parkraumüberwachung sowieso nie unterwegs.

Im Café hat heute nicht der Dreisternekellner Dienst, sondern eine weibliche Aushilfe. Mit Eliza teile ich bekanntermaßen den Frauengeschmack, jedenfalls ziehen wir beide die junge Dame zeitgleich mit Blicken aus und nicken uns wohlgefällig zu. Bella räuspert sich vorwurfsvoll.

Überhaupt verstehe ich mich super mit Eliza. Bella erscheint das etwas suspekt. War sie etwa eifersüchtig? Und wenn, auf wen eigentlich? Gut, es war jetzt vielleicht auch nicht wirklich feinfühlig von uns, neben den leckeren Cherrytomaten auch das Thema Cunnilingus anzuschneiden.

Aber wann hat man schon mal die Gelegenheit, sich mit jemandem auszutauschen, der neue Perspektiven in die Thematik einbringen kann?

Auch wenn die Erkenntnisse ernüchtern und ich froh bin, dass ich dank meiner größeren Hände immer noch Vorteile beim Essiggurkenglasaufmachen habe.

Als ich das zu erwähnen wage ernte ich den verdienten gehässigen Kommentar zum Thema kleine krumme Gürkchen und dass damit auch klar wäre, warum Männer die so wichtig nähmen. Ich bin zum Glück jetzt satt und zufrieden und kann über derart despektierliche Bemerkungen hinwegsehen.

Eliza schaltet ihr Handy ein. 543 Nachrichten ihrer Freundin, die sich mannhaft für alles entschuldigt, was sie je gesagt, getan oder nicht gesagt und getan hat. Wenn doch ihre über alles geliebte süüüße Lizzy nur wieder zu ihr zurückkäme.

Man hört Elizas Herz förmlich schmelzen.

"Ich muss los, war nett mit Euch zwei" sie steht auf, ihr Liebesleben wieder zu richten.

Gedankenverloren sage ich hinter der Tageszeitung hervor, was man unter Männern halt so sagt. "Bring paar Blümchen mit, die Mädels stehen auf sowas".

Aua. Bella verpasst mir eine Kopfnuss.

Eliza schüttet sich aus vor Lachen, kann dann aber die Weisheit hinter meiner Empfehlung auch nicht ganz von der Hand weisen.

"Den solltest du behalten. Falls du nicht..." sagt sie grinsend zu Bella und gibt ihr einen Kuss. Was nun wiederum ich ein wenig argwöhnisch beobachte.

Wir blicken Eliza hinterher. Durch die trübe Scheibe des Cafés sehen wir sie gegenüber in Bärbels Blumenparadies verschwinden. Meinen Tipp mit dem Entschuldigungsgemüse hat sie sich offenkundig zu Herzen genommen. Wenigstens ab und an hört mal einer auf mich. Mein Handy klingelt.

Es ist die Werkstatt. Keine guten Nachrichten. Offenbar hatten die Konstrukteure meines Autos die Möglichkeit einer Befüllung des Motorraums mit Fertigbeton leichtsinnigerweise nicht vorhergesehen. Man kriege das natürlich wieder hin, aber Gut Ding wolle halt nun mal Weile haben.

Außerdem müsse man noch ein paar Teile nachbestellen, das dauere sicher bis Dienstag. Anschlussflansche mit Linksgewinde für obenliegende Trockensumpf-schmiernippel, die hätte der Großhandel nämlich nicht, die kämen direkt vom Werk. Ein Leihwagen? So kurzfristig?

Er lacht trocken.

Zahlen bitte, ich bin bedient. Zu allem Überfluss steht nun auch noch eine Politesse neben dem Wohnmobil und macht sich Notizen. Ich blicke Bella vorwurfsvoll an. Sie hält mir ihre Uhr vor die Nase. 10:02 Uhr. Ich überschlage den Bargeldvorrat in meiner Brieftasche. Er beträgt maximal Halteverbotfünfzig. Und einen abgerissenen Hemdknopf.

Zum Glück ist die Hüterin des ruhenden Verkehrs nur eine Caravanenthusiastin, die sich schnell die Modellnummer unserer rollenden Doppelhaushälfte notieren wollte. Sie verwickelt Bella in ein Fachgespräch über Chemieklos und netzunabhängige Stromversorgung durch Brennstoffzellen. Ich mache ein kundiges Gesicht und nicke ab und an zustimmend.

Frustriert fahre ich Bella und das Wohnmobil raus zum Campingplatz. Willy begrüßt mich mit den Worten "Mann Sie Glückspilz". Will der mich verarschen? Er zeigt auf eine Brackwasserfläche. So hoch war die Flut 500 Jahre nicht!

Ein Campinganhänger aus DDR-Produktion treibt vorbei.

Gut. Hier gab es also bis auf weiteres nur Liege- aber keine Stellplätze.

Bella bietet an, bei Peter, dem Chef des Autohauses, ein gutes Wort für meinen Wagen einzulegen. Ich erinnere sie daran, dass dessen Frau gerade mit ihrem Mann...Sie nimmt von der Idee rasch wieder Abstand.

Wir biegen von der Hauptstraße in einem schattigen Waldweg ab. Ich drehe den Zündschlüssel um, der Motor erstirbt und ich frage ratlos in die Stille "Was nun?", ohne wirklich eine Antwort zu erwarten.

Bella verweist pragmatisch darauf, dass noch welche von Lenas Kondomen da sind.

Ich möchte aus Gründen altmodischer Dezenz nicht näher auf die weiteren Ereignisse dieses Samstagsvormittags eingehen, aber lassen Sie mich zusammenfassend doch Folgendes sagen:

Mark, Du bist ein gottverdammter Volltrottel.

Warum rauche ich eigentlich nicht? Jetzt wäre...ach egal

Kapitel 6 – Eichengrund

"Das tut mir so sehr leid, wir sind komplett ausgebucht".

Dem servilen Schönling an der Rezeption des Sport- und Golfhotels Eichengrund bricht es fast das Herz, uns abweisen zu müssen.

Wir zucken müde mit den Schultern. Also dann, noch eine Nacht im Wohnmobil.

Sein Telefon klingelt.

Wir haben die Lobby schon fast verlassen, als er hinter uns hergestürmt kommt.

Er hätte da, flüstert er, eventuell eine Lösung, wäre allerdings etwas kostspieliger. Falls wir das Luxury Weekend Getaway Package buchen täten, könnte er uns die Sweet Honeymoon Dreams Suite anbieten.

Ich frage nicht nach seiner Definition von "kostspielig", sondern schlage umgehend zu. Die Aussicht auf eine warme Dusche und Mahlzeit, ein breites Bett und eine ungestörte Nachtruhe lässt mich meine zu wirtschaftlich tragfähigen Entscheidungen mahnende innere Stimme ignorieren.

Das am Telefon vorher war übrigens Autozar Peter gewesen. Wovon wir natürlich nichts ahnen. Genausowenig wie von der Tatsache, dass er kurzfristig die Buchung für die fabulöse Suite storniert hatte, da überraschend seine Frau ihr Yogawochenende in Bad Säckingen abgesagt hatte.

Peters Frau, wir erinnern uns, ist Julia, deren Affäre mit Mark, Bellas Lebensgefährten, gerade unsanft ans Licht der Öffentlichkeit gedrungen war. Besagter Mark leidet jetzt an stressbedingter Impotenz, das als "Yogawochende" getarnte Stelldichein mit ihm fällt daher leider aus.

Das wiederum wirft nun Peters sämtliche Pläne über den Haufen, der unter dem Vorwand der Teilnahme an einer Tagung selbständiger norddeutscher Autohändler in Uelzen das Luxury Weekend Getaway Package gebucht hatte. Für sich und Birgit.

Sie kommen doch noch mit, oder?

SO schwierig ist das doch eigentlich gar nicht...

Auf dem Zimmer, das durchaus den Namen Suite verdient, wartet eine gut gekühlte Flasche aus der Schaumweinmanufaktur der Witwe Clicquot. Und ein Haufen Rosenblätter in Herzform auf der Bettdecke. Bella schüttelt das Plumeau auf dem Balkon aus, während ich den Schampus entkorke.

Entweder fuhr Birgit auf diesen fürchterlichen Inklusiv-Kitsch wirklich ab oder Peter hatte den Hotelprospekt vorm Buchen nicht gründlich studiert. Wir jedenfalls erfreuen uns an den Flüchen aus dem Zimmer unter uns. Wo denn dieser Grünabfall hergeweht käme motzt jemand lauthals.

Die Vorstellung erheitert uns, dass einer dieser übergewichtigen Anwälte oder drahtigen Zahnärzte in karierter Golfhose eine unerwartete Blütenpracht auf seiner

Halbglatze vorfindet, zum Hörer greift und den Rezeptionisten zusammenscheißt.

Wir halten uns die Bäuche vor Lachen.

Während Bella sich in die Badewanne zurückgezogen hat, deren Ausmaße die artgerechte Haltung eines Blauwales gestatten würden, studiere ich den Informationsflyer für das Luxury Weekend Getaway Package. Uns steht offensichtlich ein umfangreicher Katalog von Annehmlichkeiten zu.

Zu meinem allergrößten Bedauern hatten wir durch unsere späte Anreise die original nordrussische Höchsttemperatursauna mit Birkenreisigvorbehandlung durch Bademeisterin Olga verpasst. Für heute stand nur noch ein 7-Gänge-Menü von Sternekoch Jean-Jacques de Huber auf dem Programm.

Jean-Jacques kenne ich aus dem Fernsehen. Der kann was. Ich beschließe, Bella diese Kunde zu über- und ein Glas Champagner vorbeizubringen. Zaghaft klopfe ich an der Badezimmertür. Ich höre Wassermassen schwappen. Eine Frau flucht. Irgendetwas fällt scheppernd zu Boden.

"HEREIN"

Bella war im wohltemperierten Badewasser eingeschlafen und soweit in die Wanne hineingerutscht, dass ihre Nase sich direkt über der Wasseroberfläche befand. Durch mein Klopfen erschreckt atmete sie Wasser ein, bekam Panik, strampelte und streifte mit dem Fuß die Badeperlenschale.

Ich eile ihr besorgt zur Hilfe, ohne dabei zu berücksichtigen, dass Badeperlen eben rund sind und dem menschlichen Fuß den ihm gebührenden Halt verweigern. Geistesgegenwärtig werfe ich das Champagnerglas hinter mich, es fliegt durch die geöffnete Tür und zerbirst krachend im Flur.

Ich hingegen lande, mit elegantem Schlenker dem marmornen Doppelwaschtisch ausweichend, in voller Montur und kopfüber bei der verdutzten Bella in der Wanne.

Es klopft. "Housekeeping. Gutee Apend. Darf ich hereinkommen für die turndown-service?" Das Türschloss knackte.

"NEIIIN!"

Die asiatisch aussehende junge Dame in adretter Uniform mit Schürze und Häubchen steht im Flur und müht sich redlich, ihre Gesichtszüge unter Kontrolle zu halten. Zum einen, weil wir ein Bild zum Totlachen abgeben, zum anderen, weil sie in einen kaputten Sektkelch getreten ist.

Nun gibt es ja wenig, was ein versiertes Zimmermädchen noch überraschen kann und über das sich nicht durch Trinkgeld das Mäntelchen des Schweigens breiten ließe. Tropfnass versichere ich der Frau, dass wir das Bett schon selber aufgedeckt hätten und ihre Dienste nicht benötigten.

Nach all der Aufregung sitzen wir nun, gebadet und geföhnt, an einem für Liebende hergerichteten Zweiertisch im lauschigsten Winkel des Restaurants.

Neben den Schwingtüren, hinter denen auf feuriger Esse Lukullisches entsteht.

Immerhin wird das Essen auf dem Weg zu uns nicht kalt.

Unter Romantik versteht man hier, wo Zielgruppe doch eher der sportive Besserverdienende Ü50 ist, lila Kerzen in silbrigem Lüster, dazu passende Servietten und noch mehr der unvermeidlichen Rosenblätter. Natürlich auch lila. Kriegte man die wohl säckeweise im Gastro-Großhandel?

Uns knurrt der Magen, weswegen wir über derlei kitschige Gimmicks hinwegsehen. Ein hochnäsiger Kellner kredenzt als Gruß aus der Küche ein Würfelchen Wachteleierstich auf dreierlei heimischem Blattgemüsespitzen, kontrastiert von einer dünnen Schleifspur steirischen Kürbiskernöls.

Wir sehen uns versonnen in die Augen. Ein unbedarfter Beobachter würde eine tiefe innere Verbundenheit, ein schmachtendes Sehnen zweier füreinander bestimmt Herzen dahinter vermuten.

Für mich liegt in Bellas Blick nur die eine, einzige Frage:

Gibts hier nicht auch ein Steakhaus?

Das Amüsegöll hat es sich in meinem hohlen Zahn gemütlich gemacht und wartet nun, zusammen mit der kalten Vorspeise, einer münzgroßen Scheibe glibberumkränzter Terrine von der wilden Sau aus eigenem Gehölz an blassgrünem Ingwer-Bärlauch-Schäumchen, heruntergeschluckt zu werden.

Uns erwartet nun ein absolutes Highlight, ein lauwarmes Süppchen aus atomisierten Steinpilzstämmchen, die 14 Tage entspannt in einer nach frisch angerührten Brunnenkresse-Waldhonig-Marinade hatten verweilen durften, bevor sie mit karamellisiertem Erdäpfelsud aufgegossen wurden.

Vom Pièce de résistance, dem Fleischgang, trennen uns noch ca. vier Gänge und bei der bisher an den Tag gelegten Serviergeschwindigkeit mindestens 90 Minuten. Wir prüfen kurz die Lage der Notausgänge und planen unsere Flucht minutiös. Für nach dem Zwischengang und vor dem Fisch.

Laut handschriftlicher Menükarte handelt es sich dabei um zartgedünstete Bachsaiblingsfilets. Kein Tier sollte sein Leben dafür geben, in dieser schlaffen Erscheinungsform auf einem Teller zu landen. Ich persönlich halte es ja sogar für ethisch fragwürdig, Gemüse so zu behandeln.

Am Nebentisch werden Crêpe Suzette zubereitet. Die Ablenkung durch die Feuersbrunst nutzend verschwinden wir in einer Wolke heißen Orangenlikörs. Auf dem Weg nach draußen treffen wir Birgit, auf dem Weg nach drinnen.

"Was machst DU denn hier?" sie und Bella begrüßen sich unisono.

Bussi links, Bussi rechts, schon hat Bella ihre Contenance wiedergefunden.

"Das ist eine laaange Geschichte". Birgit wirkt zugleich immer noch verwirrt und interessiert. Von irgendwoher meint sie mich zu kennen. Aber wo war Mark? Und wichtiger: Wo steckte dieser verdammte Peter?

Ich erinnere Bella, dass wir eigentlich auf der Flucht sind und jeden Moment Jean-Jacques und seine Bachsaiblinge auftauchen können. Kurzerhand hakt sie die verdutzte Birgit unter und verschleppt sie in Richtung unseres treuen Wohnmobils, das auf dem Hotelparkplatz schlafen muss.

Die überrumpelte Birgit wird in einen der Passagiersitze verfrachtet. Noch bevor ich den Motor unseres unauffälligen Fluchtwagens angelassen habe, beginnt ein intensiver Informationsaustausch zwischen Bella und ihr.

"Dieser Schuft"

"hab ich doch immer gewusst"

"ist nicht wahr"..

Minuten später sind die Fakten ausgetauscht. Birgit weiß von Bella und mir und Mark und Julia, Bella von Birgit und Peter. Und Julia. Peter entschuldigt sich zwischendurch bei Birgit per SMS für die Absage. Sie hätte ja sicher vorher ihren AB abgehört.

Hatte sie natürlich nicht.

Eigentlich sind mir die alle gar nicht so unsympathisch. Birgit scheint recht nett zu sein und Peter ist wohl einfach nur unglücklich. Auch mit Julia war ich ja prima ausgekommen. Gleiches galt natürlich für Eliza. Na und Bella ist sowieso klasse.

Nur Mark, der ist ein Penner.

Ein paar Stunden und ein exzellentes Chateaubriand später liegen Bella und ich zufrieden im breiten Bett der Hochzeitssuite. Birgit hat sich mit Peter ausgesprochen und schnarcht jetzt leise vom als Gästebett hergerichteten Sofa zu uns herüber. Flexibel sind die ja hier im Hotel.

Eigentlich ein bisschen schade, dass wir nun wegen unserer Hausgästin diesen riesigen Lasterpfuhl nur zum Schlafen benutzen können, denke ich, als ich merke, dass Bella sich lautlos zentimeterweise unter der riesigen Decke auf mich zubewegt. Langsam wird sie mir fast unheimlich.

Sagen wir es so, das vollgefressene Löffelchen, die müde Missionarin und den lautlosen Lotos werden Sie im Kamasutra vermutlich nicht finden. Aber bestimmt im neuen "Ratgeber für kopulationswillige Eltern leichtschlafiger Kleinkinder", den Bella und ich herauszugeben planen.

Die mir gemäß Weekend Package zustehende hawaiianischen Lomi-Lomi-Massage trete ich an Birgit ab. Sie und Bella verschwinden voller Vorfreude Richtung Wellnessbereich.

Ich gönne meinem Croissant eine Ganzkörperbehandlung mit Erdbeermarmelade und bleibe am Frühstückstisch sitzen.

Nachdenklich kratze ich mein stoppeliges Kinn. Bellas möbelwagengroße Sporttasche beherbergte unter anderem das Equipment für ein mittelgroßes Kosmetikstudio. Sie sah heute Morgen aus wie aus dem Ei gepellt. Und ich wie unter dem Müllwagen herausgezogen. Ich brauchte eine Rasur.

Nun bin ich seit jeher kein Freund der dem bedürftigen Hotelgast kostenfrei überlassenen Einwegrasierer. Vielleicht bin ich einfach nur ungeschickt, aber sollte ich irgendwann mit der Veranstaltung eines zünftigen Gemetzels beauftragt werden, die Wahl meiner Waffe wäre eindeutig.

Auch Bellas Angebot, mir Ihren Ladyshaver zu leihen, hatte mich nicht überzeugen können. Meine diesbezüglichen Feldversuche waren damals weder für meine Gesichtsbehaarung noch für das zweckentfremdete Gerät glücklich ausgegangen. Was zarten Beinflaum problemlos niedermäht das scheint vom gemeinen männlichen Bartstoppel überfordert.

Ich beschließe daher, den Hotelfriseur aufzusuchen, der praktischerweise auch sonntags geöffnet hat. Normalerweise wechsele ich ja meinen Friseur seltener als meinen Frauenarzt, aber dem seriös wirkenden älteren Herrn, dessen kleiner Salon am Rande der Hotellobby liegt, kann man sich wohl sorglos anvertrauen. Schätze ich.

Er begrüßt mich herzlich und bittet mich, doch schon mal Platz zu nehmen. Er müsse kurz weg, aber seine Tochter würde mich sofort bedienen. Vaterstolz klingt aus seiner Stimme.

Wenn er ihr seinen Laden zu treuen Händen überließ, dann konnte ich das mit meinem Hals wohl auch tun.

Eine junge Frau tritt heran, begrüßt mich freundlich und macht sich umgehend hochprofessionell ans Werk. Sie wetzt das Messer, sie schlägt den Schaum, kein vorwitziges Härchen entgeht ihrem strengen Blick und ihrer scharfen Klinge. Dabei plaudert Sie locker über dies und das.

Sie sei als Studentin ja ganz froh, dass sie ab und an beim Papa aushelfen könne, das würde ihren alten Herrn genauso freuen wie ihren Geldbeutel. Und manchmal bediene sie auch im Café ihres Bruders. Was sie studiere? Na Maschinenbau, alles andere wär doch nur was für Mädchen.

Ich blicke in den Spiegel, gerade als die Damaszenerklinge in der Nähe meiner Halsschlagader ihr Werk verrichtet.

Und sehe in die Augen der vermeintlichen Aushilfe, der Eliza und ich im Café so unverhohlen auf den Arsch geglotzt hatten.

Ich möchte schlucken, trau mich aber nicht.

Sie hatte mich doch hoffentlich nicht erkannt? Die feine englische Art war das ja nun wirklich nicht gewesen. Verkrampft betreibe ich weiter Smalltalk. Ihr ist nichts anzumerken, sie beendet routiniert den Schurvorgang, stutzt hier noch eine Augenbraue und flammt da ein Ohr ab.

Ich muss zugeben mein Gesicht ist glatt wie ein Babypopo. Ich und mein schlechtes Gewissen entlohnen sie fürstlich. Puh. Das ging ja noch mal gut, ich sehe wohl schon Gespenster.

Beim Hinausgehen klatscht sie mir dann kräftig auf den Hintern

"Und grüßen Sie Ihre Freundin".

Ähem.

Ich folge einer Karawane braungebrannter Goldrandbrillenträger zur "Indoor Pool and Spa Area". Vor Betreten des Schwimmbadbereichs ergeht anscheinend ein für meine jungen Ohren unhörbares Signal zum gemeinschaftlichen Baucheinziehen. Die Ursache dafür wird mir wenig später klar.

Auf zwei Liegen räkeln sich, frisch im pazifischen Stil durchgewalkt, Birgit und Bella in weißen Baderoben. Superflauschig für ehrliche Häute im Hotelshop auch käuflich zu erwerben. Wie ein Schwarm Haifische das Floß der Schiffbrüchigen umkreisen konzentrische Rentner die Damen.

Ich beobachte die gerontokratischen Jagdszenen ein Weilchen. Als sich einer der rüstigen Greise dann zu Bella auf ihre Liege setzt, beschließe ich, einzugreifen.

Eine Beutefrau links eingehakt und eine rechts verlasse ich grinsend den Saal. Raub der Sabinerinnen, nur in unblutig.

Hinter mir brechen reihenweise von morschen Kranzgefäßen notdürftig versorgte Herzen. Ich hoffe inständig, dass keiner dieser badebehosten Lustgreise schon vorsorglich zu, sagen wir, erektile Dysfunktion bekämpfender Medikation gegriffen hatte.

Kapitel 7 – Fuchs, Hase und anderes Gelichter

Wir haben nun für Bellas Wohnmobil endlich einen günstigen Stellplatz auf einem zugegebenermaßen etwas abseits gelegenen Campingplatz gefunden. Als wir vorfahren, blicken Fuchs und Hase empört auf. Wir scheinen sie bei einer vertraulichen Unterhaltung gestört zu haben.

Ob sie denn gar keine Angst vor Heidemördern oder ähnlichem Gesocks habe, will Birgit von Bella wissen. Nee, dem wäre das sicher zu abgelegen und Heide hieße sie schließlich auch nicht. Außerdem könne Birgit ihr ja Gesellschaft leisten. Bis sie zu Peter in die Villa ziehen kann.

Birgit gerät tatsächlich ins Grübeln. Ich überlasse die entstehende Einöd-WG ihrem Teambuildingprozess und wage einen weiteren verzweifelten Versuch, die Werkstatt anzurufen. Die norddeutsche Tiefebene zeichnet sich nämlich durch eine ausgezeichnete Abdeckung mit Funklöchern aus.

Kein Netz. Als Fischer wäre man hier aufgeschmissen, denke ich, als ich auf einer kleinen Anhöhe einen Hochsitz erspähe. Als "Anhöhe" wird hierzulande üblicherweise jedes mehr als einen Meter über dem Meeresspiegel liegende Gelände bezeichnet. Ich beginne den mühevollen Aufstieg.

Den Hochsitz erreicht man über eine von der Last der Jahre gezeichnete Leiter, wird dann aber mit einem hervorragenden Rundumblick belohnt. Insbesondere das

scheue Wild hinterm Sichtschutzzaun des Nacktbade-
strandes am Baggersee hat der wackere Waidmann von
hier aus fest im Auge.

Die zwei Balken auf meinem Handydisplay wären wohl,
im Nachhinein betrachtet, besser in die Ausbesserung des
Hochsitzes investiert worden. Auf jeden Fall habe ich
mich auf der Suche nach besserem Empfang zu weit her-
ausgelehnt. Die Seitenwand gibt nach und mit mir geht
es abwärts.

Nein. Keine Sorge. Mir gehts den Umständen entsprechend gut. Ein überdimensionierter Brombeerstrauch hat
meinen Fall gebremst.

Birgit zieht mir lachend mit einer Pinzette (schrägspitz-
geriffelt, Größe 3) aus Bellas 640teiligem Maniküreset
Dorn um Dorn aus dem verlängerten Rücken.

Birgit hat, wie ich erst jetzt bäuchlings und hosenlos vor
ihr liegend erfahre, Tiermedizin studiert und ist dadurch
mit der Behandlung alter Esel bestens vertraut. Bella as-
sistiert ihr grinsend mit Wattebäuschen und einem
Fläschchen Jod. Aua.

Immerhin entnehme ich der Unterhaltung der beiden
Damen, die sich durch meine Anwesenheit in keiner
Weise in ihrer Wort- oder Themenwahl beeinflussen las-
sen, dass mein Hintern wohl noch recht ansehnlich sei.
Knackiger auch, das gesteht Birgit zu, als der von Peter.
Hört man gern.

Dafür hätte der Peter halt andere Vorzüge, und es geht
dabei nicht nur um die Mächtigkeit seines Geldbeutels.

Mein eben noch so zärtlich liebkostes Selbstbewusstsein und ich fragen uns, ob so ein Wohnmobil wohl einen Keller hat. Und ob da Platz wäre für uns beide.

Bella spekuliert, ob denn die Beziehung mit dem verheirateten Peter nicht manchmal schmerzhaft wäre. Wo doch, sie platzt fast vor Lachen, zwischen ihm und Birgit immer etwas stünde. Die schafft es mühsam, ernst zu bleiben. Das wäre schon wahr. Und dann wäre da ja auch noch Julia.

Gelächter. Blöde Hühner. Ich will gerade daran erinnern, dass ich niemals auf diesen Kackhochsitz gestiegen wäre um die Kackwerkstatt anzurufen, wenn ich nie in diese promiskuitive Clique geraten wäre.

Allerdings hätte ich dann auch keinen Sex mit Bella. Ich halte also die Klappe.

"Fertig".

Birgit klebt mir noch ein Bärchenpflaster aus der Bordapotheke auf die rechte Arschbacke. Fluchend stemme ich mich hoch, jeder einzelne meiner Knochen schmerzt. Immerhin scheint ihre Anzahl noch der im Benutzerhandbuch für den Homo Sapiens beschriebenen zu entsprechen.

Bella ist rührend besorgt um mich. Ob schlechtes Gewissen oder fehlgeleiteter Mutterinstinkt dafür der Grund sind, ist doch eigentlich eher nebensächlich, denke ich.

Sie hält meine zerfetzte Hose in der Hand und blickt mich vorwurfsvoll an.

Mist. War wohl doch der Mutterinstinkt.

So könne sie sich unmöglich mit mir sehen lassen. Und ich würde doch wohl einsehen, dass ein Besuch im nahegelegenen Outletcenter unumgänglich sei, der einzigen Touristenattraktion hier draußen in der Wildnis.

Für die neue Hose habe ich immerhin die Wahl zwischen drei Nobelmarken.

Nein, nein, meine Begleitung wäre nicht erforderlich, ich solle mich erstmal schonen, vielleicht wäre ja doch was gebrochen. Oder eine innere Verletzung gar? Mindestens aber eine Gehirnerschütterung.

Lauter zwingende Gründe, mich hilflos und allein in der Wildnis zurückzulassen.

Ich frage mich gerade, wie denn die Damen zu besagtem Konsumtempel gelangen wollen, ist doch das Wohnmobil derzeit unser einziger fahrbarer Untersatz.

Toll sei, sagt da Bella, die schon meine Gedanken lesen kann, als wären wir Jahrzehnte verheiratet, die Sache mit dem Shuttlebus.

Hatten doch diese findigen Hundlinge vom Outlet-Center tatsächlich hier in der Pampa einen Bus-Zubringerdienst etabliert, der unter anderem stündlich dort hielt, wo die Zufahrt zum Campingplatz von der Hauptstraße abzweigte. Nur zehn Minuten zu Fuß von unserer aktuellen Position.

Nachdem mein Handy nach dem Sturz im Wald noch nicht wiedergefunden werden konnte und der Fernseher im Wohnmobil keinen Empfang hat, bin ich komplett auf mich allein gestellt.

Irgendwo wundert sich Leitbache Bertha, dass einer ihrer Frischlinge neuerdings hin und wieder vibriert.

Der Vorteil an einem Campingplatz ist, dass man auf elegantes Beinkleid keinen gesteigerten Wert legt. Genaugenommen auf Kleidung generell.

Mit der Eleganz einer waidwunden Hirschkuh schleppe ich mich zum einzigen Außenposten der Zivilisation. Die Kioskfrau begrüßt mich herzlich.

Sie freut sich, dass kurz vor Ladenschluss noch mal jemand vorbeischaut. Normalerweise wäre ja um diese Jahreszeit schon der Bär los, aber sie hätten den Platz erst vor drei Tagen wieder öffnen können. Der Starkregen letzten Monat. Alles abgesoffen. Jahrhundertereignis, nichwa.

Zum Glück wäre heute noch eine größere Gruppe angemeldet, Schulklasse oder so, dann käme endlich wieder ein bisschen Leben in die Bude.

Sie stopft nebenbei Gummibären, Schokolade und drei Flaschen Bier in eine Tüte. Ich wünsche einen schönen Feierabend. Draußen ertönt eine Hupe.

Am Kassenhäuschen steht ein Reisebus mit Anhänger. Als ich die Passagiere sehe, mache ich auf dem Absatz kehrt und trete mit der Kioskfrau in harte Verhandlungen ein. Was? Drei Paletten? Und Jimbo? 40 Prozent? Unmöglich. Da wär ja nichts mehr bei über. 35? Mit Lieferung? Nun gut.

Ich humpele zufrieden zurück zum Wohnmobil. Neben mir die Kioskbesitzerin. Mit einer Schubkarre.

Was ich mit 96 Dosen Bier will? Haben Sie schon mal kaufkräftige 16jährige auf Klassenreise erlebt? Und kein Bier weit und breit? Muss ich weiterreden?

Für die Lehrer hab ich Bourbon.

Natürlich bin ich ein völlig skrupelloser Opportunist. Sie haben ganz schön lange gebraucht, darauf zu kommen. Und jetzt lassen Sie mich das Jungvolk beim Zeltaufbau beobachten. Man hat denen die Wiese direkt neben unserem Stellplatz zugewiesen.

Hei, da wird die Kasse klingeln.

Als Bella und Birgit taschenbehängt gegen 21 Uhr zurückkommen, habe ich ca. 30 Liter Bier, 2 Flaschen Whiskey und 7 Kondome abgesetzt und den Geschäftsbetrieb eingestellt. Wegen Reichtum geschlossen, sozusagen. Unschuldig wie ein Lämmchen begrüße ich die beiden freudestrahlend.

Spürnase Bella wittert Abgründiges. Misstrauisch beäugt sie mich, kann mir aber beim besten Willen nichts Verwerfliches nachweisen. Da so ein Kerl aber immer irgendwas ausgefressen hat oder zumindest dergleichen plant, ist Bestrafung angezeigt.

Ich muss fünf Hosen anprobieren.

Es dunkelt. Birgit, Bella und ich amüsieren uns königlich. Aus unserer sicheren rollenden Behausung heraus beobachten wir das verzweifelte Bemühen der

Lehrerschaft, den kleinen Grenzverkehr zwischen den Zelten der Mädchen (links) und denen der Jungen (rechts) zu unterbinden.

Birgit überlegt kurz, schaut Bella und mich von der Seite an und verkündet, dass für sie jetzt Zeit für einen Abendspaziergang wäre. Bisschen die Gedanken durchlüften. 60 Minuten mindestens.

Bella zieht die Vorhänge zu. Ein paar Dinge können die Teenies ruhig alleine rausfinden.

"Die ist schon in Ordnung, die Birgit".

Ich habe gerade, sagen wir, etwas an den Ohren, kann und will Bella da aber absolut nicht widersprechen. Ich nicke daher nur bestätigend. Sie kichert. An der Innenseite ihrer Oberschenkel ist sie nämlich furchtbar kitzelig.

Am nächsten Morgen rufe ich mit Bellas Handy aber bar jeder Hoffnung bei der Werkstatt an. Nein, die Bordelektronik melde noch einen Fehler beim Vorwärmkreis der Heckscheibenwischwaschanlage, so könne man den Wagen nicht freigeben. Die Verkehrssicherheit, ich verstünde das doch.

In diesem Moment fährt draußen hupend Peter vor, der Birgit für ein gemeinsames Frühstück abholen will. Er grinst über das ganze Gesicht und begrüßt uns allerbester Laune. Was die Aussicht auf ein Schäferstündchen aus einem trockenen Geschäftsmann so macht, denke ich bei mir.

Dann erfahren wir jedoch den wahren Grund für seine Erheiterung. Gerade hätte nämlich sein Werkstattmeister ihn angerufen. Und von dem armen Tropf berichtet, dem sie vor dem Puff die Karre einbetoniert hätten. Man stelle sich das mal vor. Er kriegt kaum noch Luft vor Lachen.

Birgit wirft einen Blick auf meine bedrohlich anschwellende Halsschlagader und nimmt Peter beiseite, um ihn in die verwirrenden Hintergründe der ganzen Geschichte einzuweihen.

Er wendet sich zu mir "Echt? Ist das wahr? Ihr verarscht mich doch. Oder?"

Ich schüttele leise den Kopf.

Peter ist echt kein schlechter Kerl. Er ruft seinen Meister an und sorgt für eine Prioritätsbehandlung meines geschundenen fahrbaren Untersatzes. Heute, gegen Abend, wäre dann alles fertig und ich könnte ihn abholen. Irgendwas sei noch mit dem Heckscheibenwischer, nur Kleinkram.

Kaum ist ein Problem aus der Welt geschafft, als sich am Kiosk eine Gruppe Pennäler zusammenrottet und zornig in meine Richtung blickt. Offenbar haben Sie erst jetzt die offizielle Preistafel studiert und meine Nachtzuschläge für Dosenbier spontan als sittenwidrig eingestuft.

Jetzt heißt es schnell und überlegt handeln. Ich frage Peter, ob er Bella und mich nicht am Outletcenter absetzen könne. Falls das keine Umstände mache. Ich hätte ein, zwei Hosen zu viel. Oder vier Beine zu wenig. Macht er gerne. Ich verfrachte die verdutzte Bella in die Limousine.

Ein Mann, der freiwillig Klamotten einkaufen geht? Birgit dreht sich vom Vordersitz zu Bella um. Respekt liegt in ihrem Blick.

Ich versinke in den weichen Polstern und erfreue mich an den verdunkelten Scheiben, die dem wütenden Mob den Blick auf die Passagiere im Fond verwehren.

Es gelingt uns, das Haupttor zu passieren. In James-Bond-Filmen würde jetzt eine Flasche Champagner entkorkt und über die befreite weibliche Geisel hergefallen.

Bellas Frage, wo ich denn die Hosen zum Umtausch hätte, reißt mich aus meinen Tagträumen. Sie wedelt mit dem Kassenbon.

Ich beichte ihr flüsternd den tatsächlichen Grund für unsere wilde Flucht. Sie flüstert zurück "Das wirst du büßen!", hält aber ansonsten dicht. Sollte Birgit ruhig weiterhin glauben, Bella hätte den Jackpot im Männerlotto gewonnen. Und keinen armseligen Schwarzmarkthändler.

Birgit, so will es mir scheinen, hat ohnehin nur Augen für Peter. Gedankenverloren streichelt sie den Automatikwählhebel, der keck zwischen den beiden aufragt. Bella und ich machen uns ernsthafte Sorgen, ob Peter am Steuer seine volle Konzentration den richtigen Kurven widmet.

Zur allgemeinen Erleichterung erreichen wir die Einfahrt zum Outlet-Center. Bella und ich steigen aus, Reifen quietschen und kurz darauf sehen wir in der Ferne Peters

Auto in einen Waldweg einbiegen. Bella grinst mich an "Und nun zu dir, Freundchen". Mir schwant Übelstes.

Sechs Stunden später. Ich suche eine Reinigung, um mein Nervenkostüm aufarbeiten zu lassen. Bella hat sich prächtig amüsiert und der Volkswirtschaft durch den Kauf einer Haarspange auf die Sprünge geholfen. Aus dem letzten Laden, in dem wir waren, wird eine Verkäuferin getragen.

Der geplante Besuch eines Fachgeschäfts für hochwertige Damenunterwäsche, von dem ich mir als einziges ein wenig Kurzweil versprochen hatte, entfällt. Wegen Umbau geschlossen. Nein, gestern war da noch auf, ganz bestimmt.

Ich liebe diese Frau, aber sie ist ein ausgekochtes Luder.

Geschafft. Erschöpft sinke ich in eine Bank des neudeutsch "FoodCourt" genannten Fresstempels. Vor mir Tee und ein Stück Schwarzwälder Kirsch. Endlich Ruhe und Frieden statt Konsumterror. Ich nehme einen Schluck First Flush Darjeeling. Welch Labsal.

Batman landet in meiner Torte.

Bella und ich rekonstruieren die Flugbahn des maskierten Legomännchens. In der engeren Wahl sind zwei Tische. Am einen drei ältere Damen mit Kompotthütchen, sie wirken unverdächtig. Wir behalten sie besser im Auge. Am anderen eine vierköpfige Familie. Vater, Mutter, zwei Kinder.

Happy family wie aus dem CSU-Wahlwerbespot.

Der Vater sitzt zusammen mit seinem Bauchansatz vor einem kleinen Bier. Der Sohn schiebt mit seinem Plastikbagger Pommes durch eine Majonäse-Malaise. Die Tochter bohrt versonnen in der Nase.

Und die Mutter hält eine Zwille in der Hand.

Man würde vermuten, dass sie dieses Schießgerät eben von ihrem Sohn konfisziert hat, aber erstens scheint das Kerlchen nicht unbedingt das hellste Licht auf der Torte zu sein und zweitens blitzt in den Augen seiner Mutter etwas verwegen Schelmisches auf. Zwinkert die mir etwa zu?

Außerdem kommt sie mir irgendwie bekannt vor, es gelingt meinen grauen Zellen aber nicht, diese biedere Mutti einer gespeicherten Person zuzuordnen. Bella lehnt sich zu mir herüber und flüstert etwas in mein Ohr. Ich blicke diskret auf die Beine der braven Hausfrau und nicke.

Ich will Sie nicht lange zappeln lassen.

Sie erinnern sich vielleicht noch an meine freundliche Kundenbetreuerin von der Sparkasse, die im Diana wogenden Busen williges Opfer von Dschingis Khan und seinem Pferdeschwanz geworden war?

Die mit Ivan und Iban. Genau.

Die ist es nicht.

Es handelt sich hingegen, und da bin ich jetzt ganz sicher, denn ich hatte ihre Beine im wahrsten Sinne des Wortes vor Augen, die Dame, die sich neben uns mit dem Latin Lover vergnügt hatte. Nachdem der es dann doch geschafft hatte, Sie aus ihrer skinny Skinny Jeans zu befreien.

Bevor wir uns, neugierig geworden, besagter Dame näher zuwenden können, klingelt Bellas Handy. Birgit ist dran. Sie soll mir von Peter ausrichten, dass sein Werkstattmeister gesagt hätte, dass das heut nichts mehr würde mit meinem Auto.

Tee ist doch gut bei hohem Blutdruck, oder?

Man würde aber, angesichts der besonderen Umstände, mir einen Leihwagen bereitstellen. Aus dem Fuhrpark des Chefs persönlich, das mache der sonst eigentlich nie.

Die besonderen Umstände bestehen darin, dass ich weiß, dass der Chef fremdschläft. Und seine Frau. Und mit wem.

Der nächste Shuttlebus zum Campingplatz fährt in fünf Minuten. Bella bläst zum Aufbruch. Bedauernd blicke ich erst auf meine halbgegessene Kirschtorte und dann rüber zum Tisch der Langbeinigen. An dem jetzt niemand mehr sitzt. Schade, hätte mich interessiert, was die Dame wollte.

Sie auch? Dachte ich mir. Beim Hinausgehen kommen wir dann am Tisch der Familie vorbei. Ein leeres Bierglas, verschmierte Majo, ein Kakaofleck. Und eine Serviette, auf der jemand etwas notiert hat. Ich nicke in die Richtung, Bella versteht sofort und lässt den Fetzen mitgehen.

Wir schaffen es gerade rechtzeitig zur Autowerkstatt, wo eine riesige Überraschung auf uns wartet. Sie kennen diese gepanzerten Gefährte, mit denen die Amis in der

Wüste Fundamentalisten jagten? Sowas gibt's auch mit Straßenzulassung. Mein Werkstattersatzwagen ist Peters Hummer.

Ich steuere das Schlachtschiff über die Bundesstraße in Richtung unseres heimischen Campingplatzes, Bella fährt mit dem Camper im Windschatten hinterher.

Irgendwo hier musste Lenas Lustmobil stehen, ich schmunzele bei der Erinnerung an die Begegnung. Und steige in die Bremsen.

Was war da denn los. Das war eindeutig Lena, und irgendein Typ. Eindeutig, die prügeln sich. Der Mann ist größer und schwerer, muss aber anscheinend kräftig einstecken. Vor allem unterhalb der Gürtellinie. Quietschend kommt mein Panzerwagen direkt vor den beiden zum Halten.

War das nicht Lenas Beschützer/Manager/Macker, mit dem sie da so herzhaft stritt? Sie schreit ihn an, zeigt in Richtung meines Autos. Ich habe mich im mir unvertrauten Sicherheitsgurt verheddert und kann nicht sofort aussteigen, um ihr zu helfen. Ist vermutlich auch besser so.

Lenas Macker tritt den Rückzug an und flüchtet. Mit einem Toyota Kombi. Auf der Heckscheibe ein Aufkleber. "Marie und Johannes-Luca an Bord".

Das Ganze wird immer mysteriöser. Lena hat mich anscheinend erst jetzt erkannt, öffnet die Beifahrertür und sitzt auch schon neben mir.

Bella hat hinter mir gehalten und die Sache beobachtet. Als ich wieder in den rollenden Verkehr einbiege, fackelt sie nicht lange und hängt sich hinten dran.

"Nette Karre" Lena räkelt sich. Ihr kurzer Rock haftet am Ledersitz und legt frei, was eigentlich nicht freigelegt gehört.

Mittlerweile etwas abgehärtet behalte ich die Augen auf der Straße. Lena erzählt mir derweil munter, in was ich da eigentlich gerade hineingeraten war. Der Typ mit Namen Ivo war ihr Macker. Irgendwie. Eigentlich war er Postbote und hatte das Business von seinem Bruder übernommen.

Der war vor ein paar Jahren von einem Heimaturlaub in irgendeine exjugoslawische Teilrepublik nicht zurückgekehrt. Und würde dies ablebensbedingt wohl auch nicht mehr tun. Ivo war eingesprungen und fungierte seitdem als Lenas beschützender Manager. Oder managender Beschützer.

Lena ließ sich allerdings die Butter nicht vom Brot nehmen, gab Ivo regelmäßig etwas von ihren Einnahmen ab, was sein schmales Postlergehalt aufbesserte und ihr Ruhe verschaffte vor irgendwelchen Halbweltgestalten, die sie auch nur zu gern unter ihre Fittiche genommen hätten.

Ivos Frau war recht pragmatisch veranlagt und tolerierte diese Übereinkunft, spülte sie doch willkommene liquide Mittel in die klamme Haushaltskasse. Und das steuerfrei. Nun musste aber eine neue Einbauküche her. Und sie schickte Ivo los, bei Lena sein Entgelt nachzuverhandeln.

Lena zeigte keine Neigung um Ivos Familienfrieden Willen die goldene Gans zu spielen. So gab ein Wort das andere und gerade, als ich vorbeikam, drohte die Sache ein wenig aus dem Ruder zu laufen.

Sie hatte Ivo dann informiert, der Typ da mit dem fetten Auto wäre ihr neuer Macker.

"Du hast WAS?"

Wir haben nun genug Abstand zu dem Ort gewonnen, an dem ich Lena aufgelesen hatte. Und an dem vermutlich Ivo demnächst mit Verstärkung auftauchen würde. Ich muss unbedingt mit Bella reden. Bella würde Rat wissen.

Wie war ich eigentlich bisher ohne sie klargekommen?

Ich suche nach einer Parkmöglichkeit für mein rollendes Monstrum. Mittlerweile verstehe ich jedenfalls, warum beim McDrive maximale Durchfahrtshöhe und -breite angegeben sind. Endlich entdecke ich eine Schulbushaltestelle und werfe Anker. Hinter mir stellt Bella das Wohnmobil ab.

Lena und ich steigen aus. Mir zittern ein wenig die Knie, an einen Branchenwechsel ins Rotlichtmilieu hatte ich bis dato noch nie gedacht. Bella begrüßt Lena wie eine alte Freundin. Die beiden gucken mich so komisch an. Doch, doch, käseweiß ist meine ganz normale Gesichtsfarbe.

Bellas Adlerblick erkundet sekundenschnell die Umgebung. Sie steuert, Lena und mich im Schlepptau, zielstrebig ein kleines Ristorante an. Ich werde an einen Tisch in der hintersten Ecke gesetzt und erhalte eine Flasche

Chianti zu treuen Händen. Die Mädels gehen erstmal aufs Klos.

Als die zwei wieder auftauchen stelle ich gerade mit Alfonso, dem ägyptischen Kellner, Betrachtungen darüber an, ob die Flasche halb leer oder halb voll ist.

Bella meint, ich wäre halb voll und nimmt sie mir weg. Sie macht ein ernstes Gesicht "Pass auf. Es läuft folgendermaßen."

Ich erfahre nun, dass Ivo das schwarze Schaf einer traditionsreichen Halbweltdynastie ist. Um sein Gesicht zu wahren (und um vor seinen mordlustigen Vettern Ruhe zu haben) sei es unumgänglich, für Lena einen gewissen Abstand zu zahlen. Das wäre nun mal so Usus. Aber kein Problem.

Kein Problem? Abstandszahlung? Tickten die beiden noch richtig? War ich schon im rotweininduzierten Delirium? Prostitution war ja schon mal eine Sache. Aber jetzt sollte das Betätigungsfeld noch auf Menschenhandel ausgeweitet werden? Was kam als nächstes, Auftragsmord?

Alles halb so wild, sagt Bella und tätschelt meinen Kopf. Das Geld hätte Lena für diesen Fall beiseite gelegt. Und sowieso Ivo von seinen laufenden Bezügen abgeknapst. Es ginge nur um die Wahrung der Tradition. Ganz harmlos. Wirklich. Ich müsste nur als Lena Zuhälter einspringen.

Man soll ja immer offen für berufliche Veränderungen sein, aber ich bin von den Karriereperspektiven der

Ludenlaufbahn noch nicht überzeugt. Ich hab das doch gar nicht gelernt.

Meine Einwendungen werden vom Tisch gewischt. Wäre doch alles nur pro forma. Bella hat Plan. Ich Angst.

Ich solle mich mal nicht so anstellen. Man könne die nette Lena doch nicht diesem Halbweltgesindel überlassen. Nun, dem ersten Teil dieser Aussage kann ich bedingungslos zustimmen. Lena ist wirklich eine Nette. Aber deswegen von Albaner-Toni ein Messer in die Rippen riskieren?

Außerdem hatte Bella schon alles organisiert. Lena würde erstmal bei Madame Sofie unterkommen. Das Bumsmobil war sowieso schrottreif und bald hätte sie ohnehin ihr BWL-Studium abgeschlossen. Sie wäre lange genug gefickt worden, jetzt wäre sie dann mal an der Reihe. Lena grinst.

Ich telefoniere also brav mit Ivo. Er ist wirklich nicht grade eine Leuchte. Seine Forderung liegt weit unter dem, was Lena mir als Budget gegeben hat. Ich handele ihn mühelos ein paar Tausender runter und drücke ihm noch die fachgerechte Entsorgung des klapprigen Lovemobils auf.

Ivo lädt mich dann noch in sein Stammlokal ein, wo wir bei einem Geschäftsessen den Deal perfekt machen würden. Ich denke an die charakteristischen Fleisch- und Sliwowitzexzesse im Restaurant "Zum lustigen Bosniak". Mich schaudert.

Ivo isst lieber Sushi. Irgendwie mag ich ihn.

Kapital 8 – Berufliche Perspektiven

Auf unserem Campingplatz parke ich den schweren Hummer neben dem Wohnmobil. Selbst die streitsüchtigen Zeltgymnasiasten von der Wiese nebenan halten respektvoll Abstand. Überhaupt ist mit mir grad nicht gut Kirschen essen. Ich will nur noch ins Bett. Wenn ich denn noch eins habe.

Mittlerweile ist nämlich unsere Wohngemeinschaft auf vier Personen angewachsen. Lena muss schließlich irgendwo unterkommen, bis bei Madame Sofie das Gästeappartement frei wird. Darin wohnt ja noch Gisela. Pardon, Giselle. Die wurde aber gefeuert. Hat angeblich einen Gast beklaut.

Es ist eigentlich doch ganz lauschig jetzt. Alle haben ein Schlafplätzchen im Caravan gefunden, der Regen prasselt auf das Blechdach, Lena und Birgit fachsimpeln im Alkoven leise über Makroökonomie.

Ich spiele versonnen unter der Bettdecke ein bisschen mit Bellas linkem Nippel.

Warum ich das mit dem linken extra erwähne? Möglicherweise, weil der rechte so empfindlich ist, dass sie mir einmal fast den Finger abgebissen hat, als ich da hingefasst hab? Ist aber nur ne Theorie.

Natürlich in Fahrtrichtung rechts. Mann, Sie haben echt keine Ahnung von Möpsen.

Bella wird etwas unruhig, ich kann mir gar nicht erklären, warum. Vielleicht ein Kekskrümel? Oder eine Falte im

Bettlaken? Plötzlich setzt sie sich auf, rummst mit der Schläfe gegen das Regal am Kopfende.

Au. Was hatte sie so aufgeschreckt? Hatte ich links und rechts verwechselt?

Sie knipst die Leselampe an. Mit der linken Hand hält sie ihren Kopf, mit der rechten sucht sie auf der Ablage neben dem Bett ihre Hose. Hatte ich Fluchtreflexe bei ihr geweckt? Sie fummelt ein Stück Papier aus ihrer Hosentasche. Sie hält es mir vor die Nase.

"Hier. Lies du mal."

Bellas Weit- und meine Kurzsichtigkeit ergäben kombiniert einen absolut scharfsichtigen Luchs. Oder einen totalen Blindfisch, je nach Betrachtung. Ich mache mich an die Entzifferung der Botschaft auf der akkurat gefalteten Serviette mit dem eingedruckten Logo des Outletcenters.

Ich erkenne einen Lippenstiftabdruck in Form eines Kussmunds. Darunter mit Kugelschreiber den Namen Petra, etwas, das ich für zwei sich küssende Regenwürmer halte, die Worte "bis Samstag" und ein Herzchen.

Bella gibt mir einen Klaps auf den Hinterkopf. Sie hat ihre Brille auf.

"Das ist ein Hirschgeweih, du Doofie."

Hirsch? Hä? Und das war jetzt weniger kryptisch als die Regenwürmer oder was?

"Das Diana, Mann. Am Samstag ist da Pärchentag."

Meine Synapsen kommen jetzt hinterher. Diana, Göttin der Jagd, hatte das Logo des gleichnamigen Clubs inspiriert.

Das Diana, erklärt mir die bestens informierte Bella, hätte eine Reihe wiederkehrender Veranstaltungen, die sich beim Stammpublikum großer Beliebtheit erfreuen. Die Lady's Night, klar, dann wie gesagt der Pärchentag. Oder z.B. das Captain's Dinner, wo nur Männer erwünscht sind.

Für jeden Geschmack ist etwas dabei. "Dildoday", "Strip und Straps", "Lack, Lust und Leder", "Inquisition intim", Bella zählt eine ganze Reihe Themenabende auf. Einige klingen durchaus reizvoll, für andere würde ich größere Beträge zahlen, um nicht an ihnen teilnehmen zu müssen.

Auf jeden Fall beweist Madame Sofie Geschäftssinn und ein Händchen fürs Marketing. Sie spricht solvente Kreise an, für die ein normaler Puff wenig Reiz verspricht.

Angeblich gehören ihr mittlerweile sieben luxussanierte und vollvermietete Gründerzeitwohnhäuser in Eppendorf.

Die Lady's Night übrigens ist fest im Kalender der örtlichen Lesbenszene verankert. Das weiß ich von Eliza. Man hat, so ihre Worte, Mordsspaß dabei, überzeugte Heterodamen auf die dunkle Seite der Macht zu ziehen. Was recht häufig zu gelingen scheint.

Stark die dunkle Seite ist.

Man muss dabei beachten, dass besagte überzeugte Heterodamen wissen, dass im Diana an diesem Abend eben nicht nur gut ausgestattete, wenn auch eher pekuniär orientierte, Lustknaben anzutreffen sind.

Was sie nicht davon abhält, den Club zahlreich aufzusuchen. Ganz im Gegenteil.

Der Pärchentag ist (offiziell) ganz dem gemischten Klassiker gewidmet. Ohne Partner des anderen Geschlechts kein Zutritt. Da ist Türsteherin Margot eisern. Und die hat den schwarzen Gürtel.

Ob ein Paar sich erst auf dem Parkplatz zusammengefunden hat, ist hingegen unbedeutend.

"Wollen wir hingehen?" fragen Bella und ich zeitgleich. Birgit und Lena blicken sich erstaunt zu uns um. Mit Kopulationsgeräuschen hätten sie vermutlich gerechnet, aber zwerchfellerschütternde Lachkrämpfe? Komisches Paar.

Bella hat Tränen in den Augen. Ich halte mir den Bauch.

Vor diese samstägliche Vergnügung hat der liebe Gott oder irgendein anderes höheres Wesen Ihrer Präferenz die Übergabe der Ablösesumme für unsere Lena gesetzt. Ivo hat dazu in ein exzellent beleumundetes japanisches Restaurant geladen. Hier gingen, raunt man, sogar Japaner essen.

"Hier. Das musst du probieren. K9 von der Hauptkarte. Super lecker."

Ivo schwingt gekonnt die Essstäbchen. Dieser Mann hatte verborgene Qualitäten. K9 ist "Qualle mit Gurke".

Ich verweise auf die kaum quappengroßen weißen Fischlein in der Schale vor mir, die mich traurig ansehen.

Man genießt sie so, wie die Natur sie zur Verfügung stellt. Ich überzeuge mich, dass keines von ihnen mehr zuckt und verspeise tapfer ein paar. Meine Geschmacksknospen melden Widersprüchliches an das Gehirn. Ja, was denn nun? Salzig? Bitter? Scharf? Umami? Irgendwie fischig halt.

Mit Ivo wäre ich prima klargekommen, schnell hatten wir das Geschäftliche erledigt, diskret hatte Bargeld in einem Umschlag seinen Besitzer gewechselt. Roher Fisch in rauen Mengen wurde aufgetragen, grüner Tee und Sake ausgeschenkt. Sojasoße schwappte.

Und dann kam Ivos Onkel.

Ivos Onkel, den alle nur "Papa" nennen, ist ein organisierter Berufsverbrecher ganz alter Schule. Er kleidet sich edel und distinguiert, nur zwei Goldzähne zeugen von harter Jugend auf der Straße. Ivo zieht genervt, aber so, dass "Papa" das nicht sehen kann, die Augenbrauen hoch.

Offensichtlich steht der gute Ivo innerhalb des Familienunternehmens unter einer gewissen Beobachtung.

"Papa" begrüßt mich mit einem freundlichen, aber harten Schlag auf den Rücken und den Worten "Ein Bulle bist du jedenfalls nicht". Ich japse wahrheitsgemäß "Nein. Echt nicht."

Wir kommen ins Plaudern. So unter Kollegen. Auf welcher Seite ich denn damals gestanden hätte, als der große

Krieg zwischen den Albanern und den Libanesen losgegangen wäre.

"Ich war im Ausland", antworte ich wahrheitsgemäß. "Auf Sprachferien in Frankreich" behalte ich für mich.

"Papa" lobt meine Weisheit. Da könnte der Ivo sich mal eine Scheibe von abschneiden. Sein Pulver trockenhalten und in Ruhe abwarten, wer aus der Schlacht als Sieger hervorgehe, das hätte auch Sun Tsu empfohlen.

Überhaupt sei es ja so schwer, heutzutage gutes Personal zu finden.

Fachkräftemangel. Ja, das war ein Thema, da konnte ich mitreden. Ich erzähle von Versuchen mit importiertem Personal, aber häufig seien ja einfach die Qualifikationen nicht vergleichbar. "Papa" nickt zustimmend. Aber finden Sie doch mal einen bezahlbaren Auftragskiller im Inland.

Wir finden weitere Gemeinsamkeiten. Vernünftiges Controlling zum Beispiel. Das A&O einer jeden erfolgreichen Organisation. Die Führungskräfte tanzen einem ja sonst auf der Nase herum. Ich bin für strenge Zielvorgaben und konsequente Sanktionen bei Nichterreichen. Und "Papa" auch.

Nach ein paar kurzweiligen Stunden, bei denen Ivo immer stiller und "Papa" immer gesprächiger wurde, bin ich sicher, dass das BKA mich liebend gerne vorher verkabelt gehabt hätte. Wir verabschieden uns mit einer Umarmung. "Papa" flüstert mir schnell noch ein Jobangebot ins Ohr.

Sein, sagen wir, Verwaltungschef, ein Mann seines Vertrauens, den alle nur "den Doktor" nennen, wollte gern in die wohlverdiente Altersteilzeit gehen. Ob ich nicht vielleicht Interesse hätte? Ich als Consigliere? Ich verspreche, darüber nachzudenken.

Im Taxi wird mir dann übel.

"Dass du aber auch nicht einfach mal die Klappe halten kannst" Bellas Analyse meines Berichtes über ein Angebot, dass man eigentlich nicht ablehnen kann, fällt rasiermesserscharf und kaum zu widerlegen aus.

Ich ziehe mir die Bettdecke über den Kopf. Hier findet mich keiner.

Ich höre Bella mit Lena Kriegsrat halten. Lena scheint den Doktor zu kennen. Sie geht raus, um ein Fleckchen zum Telefonieren zu finden. Der Hochsitz ist leider noch nicht wieder aufgebaut.

15 Minuten später ist sie wieder da und spricht kurz mit Bella. Beide kommen auf mich zu.

"Also. Hier ist der Plan." Ich lausche aufmerk- und gehorsam, was die beiden Damen ausgeheckt haben und mir nun wortreich schildern, sage "Ja", "Oh" oder "Wirklich?" und stelle demütig noch ein paar kleine Zwischenfragen. Dann rufe ich Ivos Onkel an. Und sage zu.

Der Plan der beiden Frauen geht auf. Fast.

Wie vorhergesehen bittet mich der Doktor, ein netter älterer Herr mit Goldrandbrille, zu einem Gespräch, meine

Eignung zu prüfen für das Amt, dass er 40 Jahre lang ausgeübt hat.

Wie vereinbart wiegt er und befindet mich für zu leicht.

Der Doktor, das muss man wissen, macht regelmäßig, sagen wir, Hausbesuche bei Lena. Es ist ihm ein Leichtes, "Papa" klarzumachen, dass ich zwar Potenzial hätte, es aber an der nötigen unsittlichen Reife fehle.

Allerdings wäre da noch etwas.

Und ab hier gerät der Plan ins Wanken.

Für eine alte Freundin der Familie hingegen könnte ich sehr nützlich sein. Die hätte nämlich gerade unter unglücklichen Umständen ihren Geschäftsführer entlassen müssen und noch keinen adäquaten Ersatz gefunden.

Er würde daher anraten, mich an Madame Sofie weiterzuempfehlen.

Ja. So habe ich auch geguckt. Madame Sofie, so erfahre ich, ist "Papas" erste und große Liebe. Sie war aus kleingangsterlichem Hause und daher nicht standesgemäß. Eine herzzerreißende Geschichte. "Papa" heiratete dann in eine Geldwäscherdynastie und Sofie ging ihren eigenen Weg.

Sofie weiß aber genug über Papas Leichen im Keller und an vielen anderen Orten, um ihn sofort für 593 Jahre ins Zuchthaus zu bringen. Ohne Bewährung.

Was sie niemals tun würde, denn sie hat Charakter. Weswegen Papa seine schützende Hand über sie und ihr kleines Bumsimperium hält.

Und so kam es, dass Sofie nicht trotz, sondern wegen ihrer Verbindungen zur organisierten Kriminalität den saubersten Puff von ganz Deutschland führt. Vor den branchenüblichen feindlichen Übernahmen ist sie sicher, denn jeder in der Szene weiß, mit wem er sich da anlegen würde.

Bei Sofie gab es keine krummen Touren. Sogar das Fahrtenbuch für ihren Dienstwagen führte sie penibel genau. Kein Steuerprüfer musste hier mit Liebesdiensten verführt werden, doch mal ein Auge zuzudrücken. Hier lief wirklich alles einhundertfünfzigprozentig nach Vorschrift.

Dummerweise konnte ihr bisheriger Geschäftsführer sich mit diesem moralisch einwandfreien Gebaren nicht wirklich abfinden. Er genehmigte sich Sozialleistungen. In bar und in, nun ja, Naturalien. Als Madame Sofie davon erfuhr, war es mit ihrer Gutmütigkeit schlagartig vorbei.

Keine Sorge, er wurde nicht in der Kiesgrube verscharrt und seine Frau und Kinder in die Sklaverei verkauft. Sofie hat Stil. Der Mann konnte seinen Schreibtisch räumen und erhielt noch eine Abfindung. Gut, in Form eines Pferdekopfes vom Schlachthof, aber doch eine nette Geste.

Verzagt schlurfe ich zurück zum Auto, wo Bella auf mich wartet.

"Na? Hats geklappt? Haben Sie dich abgelehnt?"

"Gewissermaßen."

Ich beichte ihr, was passiert ist. Und die Sache mit Sofie. Und das ich da ganz eventuell vielleicht zugesagt habe, weil man der Frau doch helfen muss.

Bella schweigt. Den ganzen Nachhauseweg. Aber es ist nicht dieses bösartig-vorwurfsvolle Schweigen, das einen Ausbruch ankündigt. Eher so ein Daniel-Düsentrieb-Schweigen. Sie wissen schon, bevor die Sinniervögel das Zwitschern anfangen und eine bahnbrechende Idee geboren wird.

"Eigentlich" beginnt sie viel später, ich unterbreche mein Zähneputzen mitten in der Bewegung, um nichts zu verpassen, "Eigentlich war das genau richtig. Und wo ist überhaupt Lena? Ich muss mit Lena sprechen."

Lena war mit Birgit unterwegs, schmusende Pennälerpärchen erschrecken.

Verdutzt blicke ich ihr hinterher, die Zahnbürste im Mund, wie sie im Halbdunkeln verschwindet, den Campingplatz nach den beiden anderen abzusuchen.

Ich werde aus der Frau nicht schlau, habe aber mittlerweile einen Höllenrespekt vor ihrem Talent, kreative Lösungen zu finden.

Ich öffne die letzte Flasche Roten aus dem Bordvorrat und harre der Dinge, die todsicher in Kürze über mich kommen würden. Ich sollte bei der Sofie-Sache was richtig gemacht haben? Ich?

Lena und Bella kommen, in angeregter Unterhaltung vertieft, über die Wiese aufs Wohnmobil zu.

Bella nimmt einen großen Schluck aus meinem Rotweinglas.

"Nicht du, mein Lieber, wirst das Diana managen..."

Ach, nicht?

"Sondern wir"

Wer war wir?

"Ich und du und..."

Müllers Kuh?

"...und Lena natürlich"

Ich lehne mich entspannt zurück. Das versprach jetzt interessant zu werden.

Lena würde nämlich Personalchefin, wär ja klar. Und Bella macht Organisation, Events und Marketing. Sofie könnte weiterhin repräsentieren und den Laden nach außen vertreten.

Für mich blieben dann vermutlich die Powerpoint-Folien.

Ich erkenne den Charme hinter diesem Konzept.

Wir diskutieren bis tief in die Nacht. Hochinnovative Ideen zur Weiterentwicklung des Geschäfts werden geboren und verworfen. Ein Blowjob-Lieferservice? Die geils&more-Karte für Stammkunden? Eine eigene Dildokollektion? Das Diana gar als Franchisekonzept mit weltweiten Ablegern?

Kapitel 9 – Der Morgen danach

Ich wache allein auf. Scheußlich, was man sich so alles zusammenträumt. Ich als Bordellchef. Gibts schon Kaffee? Bella sitzt, in meinem Hemd mit Brille und Laptop wie frisch einem Apple-Werbespot entsprungen, auf den Stufen des Wohnmobils. Und schreibt am Businessplan fürs Diana.

Wenigstens Lena schläft noch und ist nicht vom Businessvirus befallen. Ich hatte sie selten mit Brille gesehen, anscheinend war sie beim Lesen eingenickt. Friedlich sieht sie aus. Mit jedem Atemzug hebt und senkt sich auf ihrem Busen "Personalwesen in der betrieblichen Praxis".

Birgit kommt frischgeduscht vom Joggen zurück. Angsteinflößende Produktivität umgibt mich. Sind die Frauen hier denn alle vom wilden Affen gebissen? Es gilt, die Ehre meines Geschlechts wiederherzustellen. Ich tue daher, was ein Mann tun muss. Und fahre gähnend Brötchen holen.

Als ich mit der großen Tüte knusprigen Backwerks zurückkehre, sitzen die Frauen wartend um den kleinen Klapptisch herum und starren mich hungrig an. Ich übergebe die Beute dem aus meiner Sicht ranghöchsten Weibchen. Sekunden später kaut Bella zufrieden an einem Croissant.

Als meine Vorfahren die Wahl hatten, sich einer hungrigen Frau oder einem Säbelzahntiger in den Weg zu stellen, trafen sie stets dieselbe, richtige Entscheidung. In irgendeinem evolutionsgeschichtlich uralten Teil des männlichen Gehirns sind entsprechende Instinkte fest verdrahtet.

Das Ganze wirkte sich dann zwar langfristig negativ auf die Säbelzahntigerpopulation und vermutlich auch auf die durchschnittliche Lebenserwartung männlicher Homo Sapiens aus, senkte aber die Fallzahlen beim Delikt „Kannibalismus, häuslicher" deutlich.

Eine Viertelstunde gefräßigen Schweigens später sind die drei Damen wieder handzahm. Man plaudert, als wäre ich gar nicht da. Mir nur recht, denke ich, kratze mühsam den Rest Erdbeermarmelade aus dem Glas und schmiere mir die fruchtige Süße auf das übriggebliebene halbe Brötchen.

„Danke Schatz. Sehr lieb." Bella nimmt mir die derart präparierte Semmel aus der Hand.

Lena guckt uns beiden interessiert zu und stellt dann unvermittelt die Frage in den Raum, wie das denn eigentlich so wäre, mit einem Mann zu schlafen ohne finanzielle Gegenleistung. Ob man sich da nicht irgendwie billig vorkäme als Frau?

Bella entgegnet, wenig damenhaft, mit vollem Mund „Keine Ahnung. Ich hab ne Einzugsermächtigung." Und prustet mir dann, noch deutlich weniger damenhaft, vor Lachen ein paar zerkaute Brötchenreste ins Gesicht „Tschuldigung".

So kriege ich wenigstens auch was ab, denke ich, und nicht nur mein Fett. Habe ich das gerade laut gedacht? Die drei halten jedenfalls kurz inne, bevor sie ihr albernes

Gelächter fortsetzen. Herrgottnocheins das ist was mit so einem Stall voller Gänse. Ist nicht bald Weihnachten?

Hämmern und Sägen schallt von Ferne über den Campingplatz. Der unter mir jählings zusammengebrochene Hochsitz wird wiederinstandgesetzt. Die Nacktbadesaison am Baggersee rückt näher, der wackre Waidmann poliert sein Fernglas und sorgt für guten Rundblick auf sein Revier.

Birgit ist mittlerweile mit einigen der anderen Campingplatzbewohner per Du. Wären Bella und ich vermutlich auch, würden wir denn mit denen reden und uns nicht dauernd und in zu allerlei Gerede anlassgebender Weise in unserem Wohnmobil verschanzen.

Von ihr erfahren wir, dass mein Absturz aus luftiger Höhe keinesfalls dem Holzwurm oder einem Fehler des Statikers angelastet werden kann. Sondern der Säge des Ersten Vorsitzenden der örtlichen Naturistenvereinigung.

Nicht ich war Ziel dieses feigen Anschlags gewesen, sondern der lüstige Jägermeister, mit dem sich die Nackedeis seit Jahren in einer Art Rüstungswettlauf befanden. Letzte Saison hatte er beispielsweise versucht, mittels einer versteckten Wildkamera interessante Einblicke zu erhaschen.

Nun waren die FFK-Anhänger zwar zwang- aber nicht hirnlos. Der Fotochip der Kamera hatte dem Jägersmann bei der nächsten Kontrolle Erstaunliches preisgegeben. Geschickte Bildbearbeitung hatte einen hier seit der

Eiszeit nicht mehr heimischen Elchbullen in sein Revier versetzt.

Er hatte sich mit eilig herbeigerufenen Kollegen die Nächte um die Ohren geschlagen, um das prächtige Tier selbst vor Augen und Flinte zu bekommen. Was natürlich scheiterte. Denn Elche sind bekanntlich scheu. Und im Umkreis von knapp 1000 Kilometern nur in Wildparks anzutreffen.

Auf jeden Fall ist den Naturisten die Sache fürchterlich peinlich und sie laden uns zu ihrem traditionellen jährlichen Saisoneröffnungs-Grillfest ein. Abendgarderobe ist ausdrücklich nicht erwünscht und Würstchen-Witze führen zum Ausschluss von der Veranstaltung.

Ich will gerade einen besonderes platten reißen, wahre dann jedoch die Contenance und bitte Birgit, meinen herzlichen Dank auszurichten. Für mich wäre das jedoch nichts, als verklemmter alter Knacker wäre ich sicher keine Bereicherung für die Party.

Bellas Ellenbogen landet knapp unterhalb meiner Rippen in meiner Seite. Aua. Von wegen verklemmt, da hätte sie aber andere Informationen. Aus allererster Hand gewissermaßen. Das wäre bestimmt lustig und da würden wir vier auf jeden Fall hingehen.

Zugesagt hatte sie natürlich auch schon. Genauso wie für den anstehenden Pärchenabend im Diana, von dem Petras Serviettenbotschaft schon gekündet hatte. Gut, das konnte man noch unter „geschäftlich" verbuchen, eine gute Gelegenheit, unseren zukünftigen Arbeitsplatz näher kennenlernen.

Mit Sofie hatte Bella alles bereits besprochen, wir zwei würden dort Samstag als Paar erscheinen, uns unters vergnügungssüchtige Volk mischen, amüsieren, alles noch mal ganz in Ruhe ansehen und dann entscheiden. Ganz ohne Druck natürlich.

Ihr gefiel die Idee nämlich außerordentlich gut, sich aus dem aktiven Geschäft nach und nach zurückzuziehen. Ihr Immobilienimperium verwaltete sich schließlich nicht von alleine. Und in unsere Kompetenz setze sie allerhöchstes Vertrauen. Hahaha.

Lena wollte natürlich auch mit, für die vorgeschriebene männliche Begleitung hätte sie da auch schon so eine Idee. Bella und sie bearbeiten dann noch die arme Birgit so lange, bis sie verspricht, ihrerseits Peter zu überzeugen, mit ihr dort hinzugehen.

Der hatte nämlich mittlerweile keine Ausrede mehr, sich mit ihr nicht in der Öffentlichkeit zu zeigen. Oder in einem Sex-Club. Denn praktischerweise war Julias Affäre mit Mark inzwischen publik geworden und Peter damit quasi ein freier Mann.

Das Timing dafür, so munkelt man, hätte Birgit, der das Dasein als Zweitfrau schon lange gegen die Hutschnur ging, entscheidend beeinflusst. Höflich ausgedrückt. Aus zuverlässiger Quelle weiß ich, dass sie die zuverlässige Quelle dieser Indiskretion war.

Der Grillabend bei den Baggersee-Naturisten verläuft entspannt und ziemlich konventionell. Was vor allem daran liegt, dass die niedrige Außentemperatur erst Männlein und Weiblein in Bezug auf Penisgröße nahezu angleicht und dann selbst die Hartgesottensten in Hemd und Hose zwingt.

Deutlich besser geheizt ist es bei Madame Sofie ein paar Tage später. Allerdings lässt sich die Gemächtgröße jetzt auch nicht mehr durch einstellige Temperaturen begründen. Manche greifen zwecks Durchblutungsförderung zu Produkten der Pharmaindustrie. Ich habe zum Glück Bella dabei.

Auch der Pärchenabend erweist sich als durchaus kultivierte Veranstaltung mit netten Leuten. Die Bude ist rappelvoll, ich erwische Bella mehrfach dabei, wie sie versonnen im Kopf die Anzahl der Gäste mit den Durchschnittsumsätzen multipliziert. Und lächelt beglückt.

Lena erwischt sie in so einem Augenblick kaufmännischer Ekstase, zweigt auf Bella und ruft laut „Ich will genau das, was die Frau da hatte". Lena hat übrigens den Typen aus dem Autohaus angeschleppt. Ohne Schlips ist er recht sympathisch.

Dass auch nette, kultivierte Leute rammeln wie die Karnickel muss hier nicht besonders erwähnt werden. Die Pärchenpflicht gilt ja nur bei der Einlasskontrolle, danach sortiert man sich je nach persönlichem Fetisch neu. Ich stehe die meiste Zeit am Büffet.

Sofie, als einzige der Anwesenden noch vollständig bekleidet, erklimmt die kleine Bühne, begrüßt die Gäste als liebe Freunde und bittet nach ein paar Nettigkeiten überraschend Bella und mich auf die Bühne.

Wir sind komplett überrumpelt, was dazu führt, dass Bella oben ohne mit einem Handtuch um die Hüften und ich mit einer Garnele in der Hand im Scheinwerferlicht stehen und als die neuen Chefs des Diana vorgestellt werden.

Nein. Unsere Zusage ist Ihnen nicht entgangen. Wir haben nämlich noch gar nicht zugesagt. Machen aber natürlich gute Miene zu Sofies Überrumpelungsmanöver. Und bitten Lena zu uns rauf. Sie trägt nichts außer einem Rest Sprühsahne um die Brustwarzen.

Genaugenommen, überlege ich gerade, hatte nur ich noch nicht zugesagt. Bella war durchaus zuzutrauen, dass sie mit Lena und Sofie schon die Köpfe zusammengesteckt hatte und handelseinig geworden war. Natürlich hinter meinem Rücken. Wo denn wohl sonst.

Mein Verdacht wird bestätigt, als Bella, und fragen Sie mich angesichts ihrer knappen Bekleidung bitte nicht woher, einen Zettel hervorzog, auf dem Stichworte für ihre Antrittsrede notiert waren.

Als designierter Geschäftsführer muss natürlich auch ich ein paar Worte sagen. Nachdenklich blicke ich auf die angebissene Garnele in meiner Hand und Lenas Sprühsahnenippel, bevor ich uns drei als kompetentes und hochprofessionelles neues Führungsteam vorstelle.

Die Menge liegt meiner ausgefeilten Rhetorik zu Füßen. Spätestens nachdem ich selbstkritisch anmerke, dass auf dieser Bühne Männer ohne Erektion eigentlich normalerweise nicht geduldet werden.

Etwas später versucht Lenas schlipsloser Autoverkäufer, mir eine kaum gebrauchte edle Oberklasseschüssel als angemessenen Dienstwagen aufzuschwatzen. Man könne auch, flüstert er, ein paar Einschusslöcher in der Tür simulieren. Falls das in meiner Branche gut ankäme.

Er verschwindet dann so schnell, wie er aufgetaucht ist, als sein Chef zu uns tritt und ich diesen herzlich mit „Hallo Peter, schön dass Ihr auch da seid." begrüße. „Na, wollte er dir unseren Ladenhüter aufschwatzen?" Ich nicke.

Birgit ist nirgends zu sehen. Peter folgt meinem Blick und erklärt, dass sie gerade bei Susi im Untergeschoss sei, um unser Andreaskreuz anzuprobieren. Man erwäge nämlich, nach dem Zusammenzug einen Hobbykeller einzurichten. Da wären natürlich Anregungen von Profis hochwillkommen.

Ich empfehle, unbedingt auf allergiegetestete Materialien und gut abwischbare Oberflächen zu achten. Interessiert folgt er dann meinen Ausführungen über die Vor- und Nachteile unterschiedlicher Dildomodelle, die ich neulich an der Bar bei dem netten Vertreter aufgeschnappt hatte.

Möglicherweise ist dieser Beruf doch was für mich. Als hätte ich nie etwas anderes getan mache ich die plaudernd Runde, begrüße hier alte Bekannte („Hallo Petra. Ach, ich sehe du hast grad den Mund voll. Wir sehen uns ja noch.") und stelle mich dort noch Unbekannten vor.

Kapital 10 – Im dritten Monat

„Scheißescheißescheiße ich bin so ein Tollpatsch" Der Kaffeefleck ist auf der weißen Baumwolle nicht zu übersehen. Das kommt davon, wenn man gleichzeitig den Wirtschaftsteil überfliegen und Koffein tanken will. „Soll ich dir rasch was aufbügeln?"

„Das wär so lieb, mein Schatz."

Ich befülle den Wassertank des Dampfbügeleisens, ziehe eine ihrer Blusen aus dem Wäschekorb und mache mich ans Werk. So kann ich sie ja schließlich nicht aus dem Haus lassen. Was sollen denn da die Leute denken.

Außerdem: Wie könnte ich Bella etwas abschlagen, wenn sie so vor mir steht, nur in Slip und BH, mit traurigem Hundeblick, eine bekleckerte Bluse in der Hand und im Terminstress. Dankbar macht sie sich daran, vorm Spiegel ihre dunklen Wuschelhaare ein wenig zu bändigen.

Ich hingegen habe Zeit und beginne, ihr im Bademantel ein Businessoutfit zu glätten. Fehlen nur noch die Lockenwickler, denken Sie? Ich pfeife fröhlich die Melodie von „Das bisschen Haushalt" und schiebe entspannt das heiße Eisen hin und her. Nebenbei guck ich ihr auf den Hintern.

Um zehn kommt nämlich die Verantwortliche für „Senior Global Location Scouting" einer großen Eventagentur. Und jetzt ist es zehn vor zehn. Zum Glück liegt unsere Dienstwohnung direkt über dem „Diana", Bella sollte es also auf jeden Fall rechtzeitig zu Ihrem Termin schaffen.

Das Diana hat es nämlich binnen kurzem geschafft, zu einer absoluten In-Location für Produkteinführungen (lachen Sie nicht), spektakuläre Firmenparties und ähnliche Ereignisse zu werden. Etwas verrucht, aber doch stilvoll und gediegen. Und genügend Parkplätze haben wir auch.

Diese Authenticity. Diese Atmo. Die ausgekochten Event Planner sind jedes Mal hin und weg. Wie wir das nur hingekriegt hätten. Man würde tatsächlich meinen, in einem 80er-Jahre-Puff zu sein.

Ein Teil des Geheimnisses lag darin, dass man wirklich in einem 80er-Jahre-Puff war.

Ich verspreche Bella, nachher kurz unten bei ihr vorbeizuschauen und artig „Guten Tag" zu sagen, bevor ich auch losfahre. Offiziell bin ja schließlich ich der Boss von dem Laden. Sie rauscht aus der Tür. Der weiße Riese blickt anerkennend zu mir herunter, picobello sieht sie aus, picobello.

Immer diese Hektik. Ich gehe erstmal mit einem frischen Becher Kaffee auf den Balkon. Was für ein Wetterchen. Die Aussicht geht über grüne Wiesen, hinter denen wildromantisch die Ruine eines Imprägnierwerks aufragt. Immerhin Südseite und dank Bellas grünem Daumen nicht einsehbar.

Fehlende Ganzjahres-Sonnenbräune wird in meiner neuen Branche aus unerfindlichen Gründen mit geschäftlichem Niedergang gleichgesetzt. Ich befreie daher meinen Luxuskörper vom Bademantel und setze ihn den wärmenden Sendboten unseres grellen Heimatgestirns aus.

Gegen elf bin ich zum Unternehmer-Frühschoppen verabredet. Wie immer mit Peter, Rudi, Gerd und Claudia. Die Höflichkeit gebietet, Ihnen Claudia als erste vorzustellen. Ihr gehört das Hotel Eichengrund, Golf- und Spielplatz für außereheliche Abenteuer der Schönen und/oder Reichen.

Peter kennen Sie ja schon, und auch Rudi ist Ihnen kein Unbekannter. Es handelt sich nämlich um den örtlichen Baumogul, mit dessen Flüssigbeton mein fahrbarer Untersatz unerfreuliche Bekanntschaft gemacht hatte.

Natürlich haben wir miteinander mittlerweile Frieden geschlossen. Er ist schließlich geschätzter Stammkunde in unserem Hause. Und den Parkplatz hat er mir für einen echten Freundschaftspreis von seinen Mannen komplett neu asphaltieren lassen. Der ist jetzt schöner als zuvor.

Und Gerd? Gerd ist der Gatte von Kerstin, Sie erinnern sich sicherlich, der mit den Austern. Genau. Gerds gutgehendes Gartencenter im Gewerbegebiet ermöglichte ihm unter anderem den Erwerb einer reetgedeckten repräsentativen Ferienimmobilie auf Sylt. Mit Blick auf die Austernbänke.

Jeden zweiten Mittwoch treffen wir vier uns im Café, um nach alter Väter Sitte über ein Sahneschnittchen herzufallen. Neudeutsch heißt so etwas Networking und findet in hippen Locations statt. Wir sind zu alt, um elegant aus einem Sitzsack herauszukommen und bevorzugen es plüschig.

Meine der Sonne ausgesetzte Vorderseite vermeldet, nunmehr den erwünschten Gargrad erreicht zu haben. Ich drehe mich unter leisem Stöhnen auf den Bauch. Man wird nicht jünger. Und dann dieses aufreibende Leben als Geschäftsführer eines kleinen, aber erfolgreichen Familienunternehmens.

Es kitzelt, als ein Schmetterling auf meinem nackten Hintern zwischenlandet, bevor er sich dann doch für eine von Bellas üppig blühenden Petunien entscheidet.

Ach Bella. Blöd, dass du grad einen Termin hast. Echt blöd. Die Liegenauflage riecht so nett nach deinem Parfüm. Ich döse, etwas dümmlich vor mich hin lächelnd, für ein paar Minuten ein.

Tiefenentspannt und medium well gebraten steige ich die Wendeltreppe herab zu unserem gewerblichen Sündenpfuhl. Geschäftiges Treiben allerorten. Britney poliert mürrisch ein paar Gläser nach, ein Klönschnack mit ihr erscheint nicht ratsam, sie will immer nur das eine. Eine neue Spülmaschine.

Bella sitzt mit zwei Leuten, einer Frau und einem mir unbekannten Mann, an einem der runden Tische in der Nähe der Bühne. Sie blättern geschäftig in irgendwelchen Papieren und diskutieren angeregt. Genauer gesagt diskutieren die beiden Frauen, der Typ macht nur Notizen.

Man scheint sich offenkundig handelseinig zu werden, das ist erfahrungsgemäß gut für Bellas Laune, unser Liebesleben und meine Quartalszahlen. Ich gehe wie versprochen rüber zu den Dreien, brav meine Aufwartung zu machen.

„Hallo Petra, schön dass du da bist". Sie erhebt sich, drückt mir einen dicken Schmatzkuss auf und tätschelt dabei diskret und natürlich rein freundschaftlich mein Gemächt. Bella grinst. Der Typ guckt irgendwo ins nirgendwo.

Petra kommt Ihnen bekannt vor? Die Langbeinige mit dem Latin Lover und den beiden Kindern? Exakt. Die Dame ist nämlich, neben ihrer Rolle als Hausfrau, Mutter und bekennender Nymphomanin, auch noch ein verdammt hohes Tier bei „Wickersham&Westman Worldwide Events".

Als gute Freundin des Hauses und intime Kennerin der Räumlichkeiten war es ihre Idee gewesen, das Diana auch als hippe Eventlocation zu vermarkten.

Petra hat nicht nur ein unstillbares Verlangen nach muskulösem Frischfleisch, sondern auch ein unübertroffenes Näschen fürs Geschäft. Das Konzept schlug ein wie eine Bombe.

Das armselige Würstchen, dass sie dabeihat, stellt sie uns als Flo vor, ihren Assistenten. „Flo für Florian?" frage ich naiv. Nein. Petra grinst. Floh. Weil er so winzig…haha, nur ein Scherz. Natürlich. Floh windet sich peinlich berührt in seinem plüschigen Sessel.

Wenn dieser verklemmte Burschi ahnen würde, was auf seiner rotsamtenen Sitzgelegenheit schon so alles passiert ist, er hätte vermutlich einen von diesen weißen Einweg-Overalls mitgebracht, wie sie im Tatort die Spurensicherung trägt.

Auf dem Weg zum Auto erwischt mich Lena. Mit ihrer Halbbrille, tief unten auf der Nase getragen, Dutt, Bleistiftrock und den Highheels könnte sie in jedem Porno die gestrenge Chefsekretärin spielen. Hat sie auch schon mal, was hier aber nichts zur Sache tut. Denn Lena means Business.

Sie ist mit allen Wassern gewaschen und war die perfekte Wahl als Verantwortliche für internes und externes Personal. Nicht nur ihre Branchenkenntnisse sprachen für sie, sondern auch, dass sie nach ihrem BWL-Abschluss mit Bestnote ein hochdotiertes Angebot von McKinsey ausgeschlagen hatte.

Sie ließ sich die Butter nicht vom Brot nehmen, und wer es versuchte, zahlte teures Lehrgeld.

Schmunzelnd erinnere ich mich an den „Manager" einer Stripperin, der nicht einsah, mit einer ehemaligen Prostituierten zu verhandeln und stattdessen fragte, ob man nicht lieber erstmal ein Nümmerchen schieben wollte.

Hätte er besser nicht getan. Lena entgegnete nämlich kühl, ja, das könne man schon machen, aber leider, leider hätte sie keine von seiner Tante Elsa gestrickte rosa Angora-Unterwäsche da. Und ohne die täte er ja wohl keinen hochkriegen. Also, ohne dass er sie anhätte natürlich.

Man sollte den regen Austausch von Informationen unter Kolleginnen niemals unterschätzen. Das gilt beim Einwohnermeldeamt genauso wie im horizontalen Gewerbe. Mit hochrotem Kopf war der derart bloßgestellte jedenfalls abgerauscht und ward nie wieder gesehen.

Ich hätte doch nicht vergessen, mahnt mich Lena, dass sich um 15 Uhr die neuen Poledancerinnen vorstellen und ich versprochen hätte, dabeizusein? Würde ich mir das entgehen lassen? Die danach zum Casting antretenden Tiroler Lederhosenstripper hatte ich dafür großzügig an Bella abgetreten.

Bellas und meine Arbeitsteilung klappt ohnehin hervorragend. Was mich zu diesem Moderator vom Lokal-TV bringt, der sie und mich neulich mittels eines Interviews als „Lokales Unternehmerpaar im Halbweltmilieu" seinem spießbürgerlichen Stammpublikum zum Fraß vorwerfen wollte.

Er hatte die Rechnung ohne Bella gemacht. Als er fragte, wie wir denn mit der Versuchung umgehen würden, von der wir tagtäglich umgeben seien und ob bei uns das Prinzip „Appetit holt man sich woanders, gegessen wird zuhause" gelte, antwortete sie kühl „Wir essen meist auswärts".

Ein Gutes hatte die Sendung zumindest. Unsere Location gefiel den Senderleuten so gut, dass jetzt einmal im Monat „Live aus dem Diana" hier aufgezeichnet wird, eine beliebte Talkshow mit einer drallen blonden Moderatorin namens Babs.

Babs amüsiert sich stets königlich, wenn ihre Gäste aus Kultur, Wirtschaft und Politik verzweifelt den Eindruck zu erwecken versuchen, das allererste Mal einen Puff zu betreten. Die Sendung wird bundesweit ausgestrahlt und spart uns massiv Werbeausgaben.

Die Aufzeichnung ist jeweils mittwochs, am Freitag steht der große runde Tisch in der Mitte, um den die Gäste herumsitzen, dann wieder bei Susi unten im Verließ. Er ist drehbar und erfreut sich bei einigen unserer Stammkundinnen ausgesprochen großer Beliebtheit.

Und da mittlerweile auch einiges an Prominenz bei uns verkehrt, kommt es schon mal vor, dass sich eine Schauspielerin, die als Gast in die Talkshow geladen ist, plötzlich am stillen Wasser verschluckt, als ihr klar wird, woher ihr der Tisch so bekannt vorkommt.

Bella entpuppte sich als absolutes Marketingnaturtalent. Erwähnte ich schon mal, dass ich diese Frau abgöttisch liebe? Ich finde sogar ihren in den letzten Monaten verstärkt zu beobachtenden Workaholismus ausgesprochen sexy. Zumal er die mir eigene Lethargie perfekt ergänzt.

Am Abend liegen Bella und ich zufrieden nebeneinander im Bett. Sie, weil sie mit Petra einen fetten Deal über eine ganze Reihe von Veranstaltungen für eine große Modemarke abschließen konnte. Und ich, weil sowohl Sachertorte als auch Poledancerinnen heute wirklich exzellent waren.

Außerdem hatten wir gerade ganz hervorragenden Sex, aber das hatten sie sich aufgrund der guten Umsatzprognosen vermutlich schon gedacht. Wir plaudern entspannt und postkoital noch ein wenig über die Ereignisse des Tages.

Ob ich eigentlich schon gehört hätte, dass Eliza jetzt schwanger wäre? Dritter Monat schon. Ach wie schön, entgegne ich überrascht, hat das mit der künstlichen

Befruchtung nun doch endlich geklappt? Bella lächelt so komisch. „Äh jaja. Künstliche Befruchtung. Genau. "

Was entging mir hier gerade? Ich zähle an den Fingern die Monate ab und beginne mich zu fragen, ob in dieser schrägen Nacht, als Eliza bei mir und Bella im Wohnmobil übernachtet hatte, vielleicht noch irgendetwas passiert war, an das sich alle Beteiligten erinnern können. Außer mir.

Immerhin kann ich auch ein bisschen Klatsch und Tratsch beitragen. Der Unternehmerstammtisch, Sie verstehen. Peters Scheidung kommt voran, er hat jetzt mit Birgit eine Wohngemeinschaft begründet. Dort verbringen Sie nun gemeinsam ihr Trennungsjahr. Jeder seins natürlich.

Birgits Mann, so habe ich nebenbei erfahren, heißt übrigens Tom. Die Ehe der beiden nahm eine Wendung zum Unguten, als ein anderer Mann ins Spiel kam. Nein. Nicht Peter. Ein gutaussehender Malergeselle. Peter kam später. Wenn Sie mir das Wortspiel verzeihen.

„Respekt. Ist verdammt schwer, heute einen Handwerker zu kriegen." hatte Gerd Toms überraschendes Outing trocken kommentiert. Ich riskiere mal die Vermutung, dass Birgit die Sache ein bisschen weniger pragmatisch gesehen hatte.

Julia hatte sich unterdessen von Mark, seines Zeichens ja ebenfalls ein wandelnder Scheidungsgrund, wieder getrennt. Angeblich war sie jetzt mit dem Lomi-Lomi-Masseur aus dem Hotel Eichengrund zusammen. Und Mark dem Suff anheimgefallen.

Die Regungen in Bellas Gesicht während meines Berichts sind durchaus interessant. Bei Erwähnung von Julia wirkt sie, als hätte sie in eine Zitrone gebissen. Die Nennung von Marks Namen lässt sie kurz zusammenzucken und ihren Mund schmal werden

Ganz abgeschlossen hatte sie mit der Sache offensichtlich noch nicht. Doch als dann die Rede auf den Masseur kommt, umspielt ein träumerisches Lächeln ihre Lippen. Sie versteht meinen misstrauischen Blick sofort. Und begeht einen schweren taktischen Fehler.

Bella versichert umgehend und so unbeabsichtigt meinen Verdacht bestätigend wortreich, dass der gute Mann sie anlässlich ihres Wellnessaufenthalts im Spa ausschließlich an Stellen berührt hatte, die allerhöchsten moralischen Ansprüchen   genügten.
Aber da dann halt richtig.

Kleiner Tipp vom Profi: Erzählen Sie niemals ihrem Kerl, dass ein anderer Mann sie glücklich gemacht hat. Egal womit.

Ich hatte nämlich eigentlich erwogen, Big Joe, so heißt besagter Liebling der verspannten Damenwelt, für das Diana zu abzuwerben, beschließe aber spontan, diese Idee noch ein bisschen für mich zu behalten. Und ich schiebe nebenbei den fetten Krach mit Claudia noch etwas hinaus.

Big Joes richtiger Name ist übrigens Harald. Er stammt eigentlich aus Heilbronn, das allerdings für traditionelle ganzheitliche Heilmethoden und schamanische Tempelmassagen nicht so bekannt ist wie Polynesien. Zum

Ausgleich dafür sind Schwaben ausgesprochen pragmatische Leute.

Sein Großvater war ein im Ländle stationierter GI gewesen, der stets von sich behauptet hatte, von einer Sioux abzustammen. Harald bzw. „Big Joe" nutzte den mit etwas Wohlwollen auch bei ihm noch festzustellenden Bronzeton seiner Haut und gab sich als Haiwaiianer aus.

Fortan lief das Geschäft. Seine verkehrsgünstig gelegene Praxis für Physiotherapie verwandelte er in eine Wohlfühloase mit Südseeflair. In Baden-Württemberg reicht zu diesem Zweck bereits eine Fototapete mit Strand und Palmen, man ist dort nicht so anspruchsvoll.

Wie der Zufall es so will plagte Hotelierin Claudia, per Auto auf Dienstreise in die Schweiz, ein plötzlicher stechender Rückenschmerz. Übelst verspannt suchte sie Hilfe beim nächstgelegenen Fachmann. Nach der Behandlung erhielt Big Joe ein Angebot, dass er nicht ablehnen konnte.

Neben unserem Wellnessbereich erfreut sich auch das neu aufgestellte Catering allergrößter Beliebtheit. Es war mir nämlich gelungen, Hannelore Huber als Chefköchin zu gewinnen. Hannelore ist die große Schwester von Jean-Jacques. Von ihr hat er alles gelernt, was er heute kann.

Ihre einzige Bedingung, dass niemand ohne Hose in den Restaurantbereich darf, führte zunächst zu nicht geringem Unmut bei einigen Stammgästen. Nachdem sie jedoch Hannelores Crème brûlée probiert hatten, war der Volkszorn genauso schnell wieder verraucht.

Gehässige Zungen behaupten, es kämen mittlerweile mehr Leute zum Essen zu uns, als zum Bumsen. Was natürlich so nicht stimmt. Viele kommen auch einfach nur auf ein kühles Blondes in unserem gemütlichen neuen Biergarten.

Am Familien-Samstag bieten wir zudem professionelle Kinderbetreuung. Wir haben eine Hüpfburg und ein Bällebad. Und natürlich auch etwas für die lieben Kleinen. Das Angebot wird hervorragend angenommen.

Leider müssen wir immer wieder Eltern am Ende der Betreuungszeit quasi mit Gewalt von der Spielwiese genannten und eigentlich dem Gruppensex gewidmeten Liegefläche entfernen, weil sie dort erschöpft eingeschlafen sind. Und zwar ganz ohne sich vorher dem Koitus hingegeben zu haben.

Bella ist unterdessen in und zusammen mit meinem Arm eingeschlafen. Ich puste ihr sanft eine Locke aus der Stirn und bugsiere sie vorsichtig von meiner temporär abgestorbenen Extremität herunter. Sie murmelt „Denkst du an die Umsatzsteuervoranmeldung?". Wir sind echte Romantiker.

Personenverzeichnis

Armin, Gehörnter Ehemann von Bine
Babs, TV-Moderatorin
Bella, Noch-Ehefrau von Mark
Big Joe, Masseur
Bine, Ehefrau von Armin
Birgit, Noch-Ehefrau von Tom, Geliebte von Peter
Britney, Barfrau
Claudia, Eigentümerin des „Eichengrund"
Dolf, Drogenspürhund
Eliza, Zumba-Trainerin
Gerd, Gartencenterbesitzer, Ehemann von Kerstin
Hannelore, Küchenchefin
Ivo, Postbote und Teilzeitgangster
Jean-Jacques, Sternekoch
Julia, Noch-Ehefrau von Peter
Kerstin, Ehefrau von Gerd
Lena, Managementtalent
Madame Sofie, Chefin des „Diana"
Margot, Türsteherin
Mark, Noch-Ehemann von Bella
„Papa", Gangsterboss, Onkel von Ivo
Peter, Autohausbesitzer, Noch-Ehemann von Julia
Petra, nymphomane Eventmanagerin
Rudi, ortsansässiger Bauunternehmer
Susi, BDSM-Beauftragte im Diana
Tom, Noch-Ehemann von Birgit

Und ich.

Stille Tage in Rungholt (2018)

Kapitel 1 - Anreise

Sie kennen das hässliche Gerücht über Bielefeld? Dass es die Stadt eigentlich gar nicht gibt?

Nun. Mit Rungholt ist es so ähnlich. Die Einwohner der Stadt verbreiteten 1362 das Gerücht, sie wären allesamt bei der Groten Mandränke ersoffen. Seitdem haben sie weitgehend ihre Ruhe.

Wie Sie dorthin gelangen? Ganz einfach. Suchen Sie am Husumer Busbahnhof den Bussteig 2 3/4.

Sie werden ihn nicht finden.

Dann steigen Sie ins Taxi von Jens-Frithjof Hansen und lassen Sie sich von ihm zur Pension von Erna Petersen fahren. Stoertebeker Wai 6, Rungholt. Fertig.

Warum das so simpel ist? Weil seit Jahrhunderten keiner auf die Idee gekommen ist, einfach ein Taxi nach Rungholt zu bestellen. Oder die Vorwahlnummer von Rungholt rauszusuchen und die dortige Tourismusinformation anzurufen. Weil alle denken, es wäre abgesoffen. Genial, oder?

Der bei Google für den Ankauf von Luftaufnahmen zuständige Manager heißt übrigens Mike. Mike Petersen. Was die verdächtig große Wasserfläche zwischen Nordstrand und Pellworm zur Genüge erklären dürfte.

Warum ich Ihnen all diese Geheimnisse gefahrlos offenbaren kann?

Weil Ihnen kein Schwein glauben wird, wenn Sie erzählen, dass Sie all dies von einer schwarzen Gummiente erfahren haben.

Muahahaha.

Kapitel 2 - Krabben!

Wir beginnen unseren Tag auf Rungholt mit einem deftigen Frühstück im Café Atlantis. Besitzerin Gerda Geertsen fährt auf, was Küche und Keller zu bieten haben. Rührei mit Krabben. Krabbenbrot. Krabbensalat. Hausgemachte Krabbenmarmelade. Sie bemerken den dezenten maritimen Touch?

Wir schauen frisch gestärkt bei Pastor Boysen vorbei. Er lässt gerade die Glocken der alten Schifferkirche läuten. Wie jeden Tag hallen sie weit übers Meer. Gerührt blicken die Touristen auf den Fährschiffen kurz hoch, bevor sie zur Freude der Möwen weiter über die Reling kotzen.

Der Pastor lädt uns auf einen Rungholter Pharisäer ein. Der heißt so, weil neben Kaffee auch ein guter Schluck von Boysens hausgebranntem Krabbenschnaps hineingehört.
Mit einem höflichen Meeresfrüchte-Rülps verabschieden wir uns leicht wankend von dem braven Gottesmann.

Am kleinen Hafen erwerben wir direkt von Jürgen Jürgensens Kutter einen großen Beutel gerade gefangener Krabben.
Puhlend sitzen wir an der Mole, frisch schmecken die kleinen Biester doch immer noch am besten, nicht wahr?

Langsam wird es Zeit für ein kräftigendes friesisches Mittagsmahl. Im Traditionsgasthof „Rungholter Pesel" bestellen wir die große Krabbenplatte.

Nach Besuch des örtlichen Walfang-, Krabbenfischer- und Strandräubermuseums, liebevoll kuratiert von Hilde

Helgardsen, der Witwe des letzten Leuchtturmwärters, kehren wir erneut im Café ein. Die Friesentorte schmeckt hervorragend.

Sie ist mit kleinen Schokoladenkrabben verziert.

Nein, an Rungholt ist eigentlich nichts besonders. Nur eines vielleicht. Es gibt hier keinen Kreisverkehr. Nicht einen. Dabei sind die in Schleswig-Holstein für menschliche Ansiedlungen mit mehr als drei Einwohnern gesetzlich vorgeschrieben.

Schließlich winken dafür fette EU-Beihilfen. Der Fördermittel-Antrag hängt nun als Kuriosum an einer Brüsseler Behördenwand. Da hat doch echt ein Spaßvogel versucht, Subventionen für Rungholt abzugreifen. 40.000 Olivenbäume in Opa Yanis' Schrebergarten, ok, aber RUNGHOLT? Hallo?

Vorbei an der mannshohen Bronzekrabbe vor dem Rathaus gelangen wir zu einem unauffälligen, reetgedeckten Gebäude. Auf dem Klingelschild steht „National Security Agency- Rungholt Office". Für Geheimniskrämerei hat der Friese wenig Sinn und Zugereiste passen sich sehr schnell an.

John Johannsen, der hiesige Statthalter der NSA, begrüßt uns freundlich und serviert Tee. Mit Kluntje. Ja, es sei schon ein Segen, das transatlantische Datenkabel, dass nur wenige 100 Meter von hier im Watt liegt. Und Highspeed-Internet für alle Rungholter fiele so nebenbei ab.

Man verstehe das Bedürfnis der Einwohner bestens, möglichst unentdeckt seinem Tagwerk nachzugehen. Als guter Nachbar sei man natürlich auch gern behilflich, wenn es mal etwas zu verschleiern gibt. Wie dieser gestrandete Stückgutfrachter neulich zum Beispiel.

An kreisenden Hubschraubern, neugierigen Pressefritzen und herumschnüffelnden Umwelteinis hatten weder NSA noch die Rungholter ein gesteigertes Interesse. Besatzung und Ladung des Frachters verschwanden jedenfalls spurlos, 800 Jahre erfolgreiche Strandräuberei lassen grüßen.

Noch nicht gänzlich erforschte Meeresströmungen spülten kurz darauf ein ausgebranntes Wrack an den Sylter Weststrand.
Auf dem Rungholter Friedhof der Namenlosen bepflanzt Gärtner Sven Jochensen fröhlich pfeifend ein paar frische Gräber mit Stiefmütterchen.

Wir sind zurück in der Pension. Es war ein langer Tag voller neuer Entdeckungen und Erfahrungen, wenn auch vielleicht kulinarisch etwas einseitig. Gut, dass unsere überaus liebenswerte Wirtin gerade strahlend eine große Terrine Büsumer Krabbensuppe vor uns auf den Tisch stellt.

Die Rungholter Küche zeichnet sich durch Bodenständigkeit, Reichhaltigkeit und Regionalität aus. Es folgten daher: eine Kutterscholle Finkenwerder Art, Hamburger Pannfisch (das ist der in Senfsoße, Ihr Quiddjes) und als Nachtisch knusprige panierte Wattwürmer.

Was soll ich sagen, irgendwie löst Köm jedes Problöm. Etwas später, vorm knisternden Kaminfeuer, erzählt unsere Wirtin, wie sie damals zu ihrem Gatten gekommen war. Er hieß Jupp. Und war aus Bochum. Er liebte das Meer und sein Segelboot. Doch das Meer liebte sein Segelboot mehr.

Halb ersoffen wurde er am Strand vor Rungholt angespült.
Und hier galt seit 1362 der gute alte Brauch, Schiffbrüchige vor die Wahl zu stellen. Entweder ein christliches Begräbnis auf dem Friedhof der Namenlosen, oder Heirat mit einer Einheimischen.

Jupp ist jetzt Inselpostbote.

Über die Jahrhunderte hat es auf diese Weise ein buntes Völkchen aus aller Herren Länder nach Rungholt verschlagen. Zur erfolgreichen Integration sei allerdings eine geringfügige Anpassung des Nachnamens an örtliche Gebräuche absolut unumgänglich, erklärt Knut Watanabesen.

Knut ist übrigens der einzige lizenzierte Fremdenführer der Stadt. Jetzt, außerhalb der Saison, hat er wenig zu tun. Im Sommer ist es seine Aufgabe, verirrten Wattwanderern den Weg zu weisen. Er kennt immer eine Abkürzung. Und alle führen quer durchs Rungholter Torfmoor.

Kapitel 3 - Tourismus

Mit einem leisen „Klippklapp" wechseln die Ziffern des altmodischen weißen Radioweckers in unserem Pensionszimmer. Radio Schleswig-Holstein hat anscheinend nur ein sehr begrenztes Repertoire. Genau dasselbe Stück haben die gestern Morgen auch gespielt. Zur exakt selben Uhrzeit.

Man könnte, sinniere ich schmunzelnd, denken, in Rungholt wäre irgendwie die Zeit stehengeblieben. Aus dem rechteckigen Spiegel über dem Waschbecken blickt mich mein Ebenbild an. Es ist vermutlich über meine schreckensbleiche Gesichtsfarbe genauso erschrocken wie ich über seine.

Sollte hier wirklich täglich der Wattwurm grüßen? Wir diskutieren auf dem Weg ins Café die Frage, wie der menschliche Organismus eine plötzliche und vollständige Ernährungsumstellung auf Meeresgetier wohl toleriert.

Wirtin Gerda erwartet uns schon, Betroffenheit liegt in ihrem Blick. Klar. Sie weiß um unser Schicksal. „Jürgen hängt mitm Kutter noch auf ner Sandbank fest, gibt leider nur Eier mit Speck heute Morgen"

Sie wirkt erstaunt, als wir ihr nacheinander erleichtert um den Hals fallen.

Dergestalt krabbenfrei gestärkt gehen wir auf Souvenirsuche bei Törleß' Treibguthandlung. Angeschwemmtes, Überbordgeworfenes und Aufgetauchtes. Wir schwanken zwischen einem Klodeckel von der Exxon Valdez und einer garantiert entschärften englischen Treibmine aus dem 1. Weltkrieg.

Aufgrund uns erreichender Anfragen folgender Hinweis: Rungholt ist für den Pauschaltourismus bisher noch kaum erschlossen. Richten Sie sich auf eine Individualreise ein, mehr als ein Onewayticket ist ja nicht nötig. Und machen Sie einen Allergietest auf Fische und Meeresfrüchte.

Die für Schleswig-Holstein empfohlenen Impfungen reichen in der Regel für Rungholt aus, zusätzlich wird eine Immunisierung gegen Seepocken empfohlen. Die durch Walbisse übertragene und einst gefürchtete Holzbeinentzündung tritt kaum noch auf und ist mit Mobylat gut behandelbar.

Eine Anreise per Bahn ist möglich, nehmen Sie hierzu einfach einen ICE ab Wolfsburg. Am zuverlässigsten gelangen Sie allerdings per Schiff nach Rungholt. Die Abfahrtzeiten des Fliegenden Holländers entnehmen Sie bitte unserem Flugblatt „Der Seelenverkäufer".

Seniorentarife für Freibeuter sind auf Anfrage erhältlich. Pro Augenklappe wird ein Rabatt von 50% auf den regulären Fahrpreis gewährt.

Das Mitführen von Seebären ist erlaubt, bei Vorlage eines gültigen Kaperbriefes entfällt der ansonsten zu zahlende Aufschlag.

Kommen wir zu einer weiteren Leserfrage, diesmal bzgl. des sagenumwobenen Landweges von Pellworm nach

Rungholt. Ich kann die Existenz eines solchen natürlich weder bestätigen noch bestreiten. Der Überlieferung nach wurde er zuletzt 822 n. Chr. von Hägar dem Krummbeinigen genutzt.

Als sich am Horizont das Drachenboot seiner Schwiegermutter gegen den Abendhimmel abzeichnete, wählte der wackre Hägar das einzig Ehrenvolle. Die Flucht. Zeitgenössische Quellen (eine Runenkritzelei am Rungholter Schulklo) berichten, dass er im Laufschritt den Ort durchquerte.

Hägars Spur verliert sich in einem mittelmäßig beleumundeten Bordell in Haithabu. Hier wirft dann gnädigerweise die lückenhafte mittelalterliche Geschichtsschreibung das Mäntelchen des Schweigens über die weiteren Ereignisse.

Kapitel 4 - Strandräuber

Wir lassen den Abend ausklingen bei Grog und Seemannsgarn im Rungholter Dorfkrug. Man hat uns gewarnt, dass die Einheimischen Zugereisten gern kleine Streiche spielen. Meine neuen Freunde Knut Knudsen, Knut Knutsen, Knud Knutsen und Knut Knudsen tun das als bösartiges Gerücht ab.

Unter Absingen zotigen friesischen Liedguts wanken wir zur Pension. Sturm kommt auf. Eine Gruppe Strandräuber mit Enterhaken und Südwestern kommt uns entgegen. Sie grüßen freundlich, aber ihre Frage, wo wir unseren Dreimaster geparkt haben, erscheint nur halb scherzhaft gemeint.

Ganz oben im Kirchturm brennt ein helles Licht. Bestimmt muss der Pastor nur das Läutwerk noch ein wenig ölen.
Ich erinnere mich schemenhaft an die offizielle Seekarte, die wo wir gerade stehen eine gezeitenunabhängig schiffbare Fahrrinne zeigt. Mitten durch Witwe Boysens Gemüse.

Was 30 Jahre alter Rum so alles mit den grauen Zellen anstellen kann. Eine Fahrrinne. Hier. Zwischen den Tomaten. Ist ja lachhaft. Da würde ja kein Schiff durchpassen. Wegen der Gurken. Gleich morgen würden wir das korrigieren lassen beim Seeamt. Da könnte ja sonstwas passieren.

Wir erzählen der Pensionswirtin von dem Viermaster, der doch gar nicht zwischen Witwe Boysens Seegurken passt. Sie lächelt nur weise und schenkt uns noch einen Schlummertrunk ein.

Kurz darauf sehe ich sie mit Südwester und Ölzeug das Haus verlassen. In der Hand einen Enterhaken.

Während also die braven Rungholter Bürger ihrem mehr oder weniger ehrbaren Broterwerb nachgehen, fallen wir erst todmüde auf unsere Kojen und dann in den Tiefschlaf des ungeübten Säufers. Unser grogseliges Schnarchen übertönt den Sturm. Und die Schreie der Schiffbrüchigen.

Verkatert sitzen wir am Frühstückstisch. Was man sich im Suff bei Sturm so für einen Scheiß zusammenträumt. Von Schiffbrüchigen und Strandräubern. Versonnen drehe ich den Salzstreuer in der Hand, der mir gestern noch gar nicht aufgefallen war. Er trägt die Gravur „MS Gertrud IV".

Wir beschließen, eine kleine verbale Falle auszulegen. „Na, Frau Petersen, fette Beute gestern nacht?"

„Nur ne kleine Motoryac…haha Ihr vom Festland immer. Ne alte Friesin aufs Glatteis führen wollen. Nicht mit Hedwig Petersens Tochter."

Schlauer sind wir jetzt irgendwie nicht.

Ohrenbetäubender Lärm unterbricht unsere detektivische Aufarbeitung der vergangenen Nacht. Frau Petersen zeigt sich ungerührt.

„Och das ist nur die olle Nebelmaschine. Muss wohl mal wieder geölt werden. Bald hundert Jahre alt und läuft wie ne Eins."

Unsere fragenden Gesichter nötigen der Wirtin weitere Erklärungen ab. Die Nebelmaschine war einst verbaut auf einem stolzen englischen Schlachtschiff der Dreadnaught-Klasse, das die Marine-Archive als „bei der Skagerragschlacht mit Mann und Maus untergegangen" führen.

Wie sie den Weg nach Rungholt fand, liegt im wahrsten Sinne des Wortes im Nebel. Heute kommt Sie jedenfalls zum Einsatz, weil auf der 9-Uhr-Fähre nach Pellworm ein frisch importierter Kapitän aus Greifswald Dienst tut.

Besagter Schiffsführer hat, vermutlich aus sentimentalen Gründen, die unglückliche Neigung, stets die östlichste der möglichen Fahrtrouten zu wählen. Was ihn regelmäßig in Sichtweite einer erstaunlicherweise auch bei strahlendem Sonnenschein vernebelten, großen Sandbank bringt.

Die Nebelmaschine ist aus. Wir hören das sonore Tuckern eines Schiffsdiesels näher kommen. Außer den Möwen verstummt für einige Minuten jeder zwei- und vierbeinige Einwohner Rungholts. Das Motorengeräusch wird leiser. Witwe Boysens alter Gockel räuspert sich und kräht Entwarnung.

Kapitel 5 - Getränke

Wir besichtigen heute das älteste durchgehend genutzte Gebäude Rungholts. Es geht zurück auf eine Ansiedlung irischer Wandermönche im 8. Jahrhundert. Nach drei Stunden verlassen wir beeindruckt und ziemlich angeheitert die allererste Guinness-Kneipe außerhalb der grünen Insel.

Kneipenwirt Ralph-Ole O'Toolsen erzählt uns, dass seine Familie die Schänke in nunmehr dreiundzwanzigster Generation betreibt. Die Braukunst war es, die damals seinen Vorfahren das Schicksal anderer Missionare ersparte. Statt im Suppentopf landeten sie hinterm Tresen.

Rungholt wurde aufgrund der etwas rauen aber herzlichen Gebräuche seiner Einheimischen relativ spät, aber dafür umso gründlicher christianisiert. Fisch zum Beispiel kommt hier mitnichten nur am Freitag auf den Tisch. Die einzige Ausnahme bildet jeweils der erste Montag im Monat.

Nur an besagtem Montag nämlich verkauft die örtliche Molkerei von Mildred Milramsen ihren hochgeschätzten Quark aus schwarzbunter Salzwiesenmilch, der traditionell zu nachhaltig geklauten Deichpellkartoffeln von Bauer Mäccainsen gegessen wird.

Nun geht ja das hässliche Gerücht, das Ostfriesland entstand, als Cäsar in Emden die Schiffe bestieg, um Britannien zu erobern und die Fuß- und Geschlechtskranken zurückließ. Da Rungholt nordfriesisch ist, klappts hier mit dem Wandern und der Fortpflanzung ganz vorzüglich.

Eine andere Erblast plagt die Rungholter seit Jahrhunderten. Sie ist der Grund, weswegen der Genuss von Milchprodukten nur an einem Tag im Monat gestattet ist. Ausgrabungen antiker Kloschüsseln lassen vermuten, dass Cäsar damals die Laktoseintoleranten hier zurückgelassen hat,

Die Beschränkung wurde nötig, als das schleswig-holsteinische Umweltministerium auf verdächtige Luftschadstoffe aufmerksam wurde und riesige Methanquellen im Wattenmeer vermutete. Energiekonzerne rieben sich bereits erwartungsfroh die Hände. Erdgas für Generationen. Ohne Putin!

Sven Flatulensen, der Rungholter Luftreinhaltungsbeauftragte, musste einschreiten. Fortan durften Milchprodukte nur noch an einem Tag im Monat konsumiert werden. Und nur bei ablandigem Wind.

Kapitel 6 - Zeitgeist

Wie Sie sehen, geht man hier durchaus mit der Zeit. Das leise Klopfen, das Sie im Hintergrund hören? Das ist Jupp. Der von Erna. Genau. Er hängt im Inselpostamt frisch eingetroffene RAF-Fahndungsplakate auf. Ja, Paketsendungen von und zum Festland dauern mitunter etwas länger.

Die wenigen Touristen, zumeist Stammgäste, die seit Jahrzehnten Rungholt nicht verlassen haben, stören sich nicht daran, ihre Urlaubspostkarten, auf denen sepiafarbige Strandmotive abgebildet sind, mit Briefmarken zu frankieren, auf denen Friedrich Ebert abgebildet ist.

Nun ist es nicht so, dass man hier hinterm Mond leben würde. Die heutige hektische Welt aber schätzt der Rungholter nicht sehr. Grad hatte man sich von der Reichsmark verabschiedet, schon kommt wieder was Neues vom Festland. Groschen, auf denen „Bank Deutscher Länder" fehlt z.B..

Grundsätzlich zeigen sich die Rungholter aber in Gelddingen pragmatisch und flexibel. Ob Mark, Euro oder Kaurimuschel, Hauptsache, Sie zahlen bar. Ein wenig zum Leidwesen von Manni Mannipennisen, dem Leiter der örtlichen Filiale der Nord-Ostsee-Sparkasse. Und des Finanzministers.

Manni hatte in seiner Jugend häufig unter groben Wortwitzen zu leiden, in denen männliche Geschlechtsteile eine prominente Rolle spielten.

Apropos männliche Geschlechtsteile. Seit Manni qua Amt wusste, wer wem in Rungholt Alimente zahlt, hörten die Hänseleien schlagartig auf.

Neugierig folgen wir der Tropfspur Ragnar Ingwersens, der einen feuchten Schwamm durch den Ort trägt. An einer mit Kreide beschriebenen Tafel wischt er sorgfältig die letzte Ziffer einer sechsstelligen Zahl aus und ersetzt er sie durch den nächsthöheren Wert.

Ragnar blickt stolz auf sein Werk, nickt und geht mit seinem treuen Schwamm heim.

Wir treten näher heran und lesen, was unter der Zahl 402.922 auf der verwitterten Schiefertafel geschrieben steht.

„Tage ohne Wikingerüberfall"

Gestatten Sie mir, ehe wir uns wieder der blutigen Wikingerzeit zuwenden, einen Ausflug in die neuere Geschichte Rungholts. In zivilisierte, friedlichere Zeiten. Wie zum Beispiel das Jahr 1941.

Während drumherum die Welt in Chaos und Trümmern versank, machte der Zweite Weltkrieg einen ziemlich weiten Bogen um Rungholt. Nur die Luftwaffe errichte hier eine hochgeheime Versuchsbasis. Leider war sie so gut getarnt, dass Görings Mannen sie selber nicht wiederfinden konnten.

Das führt zu mitunter kurios anmutenden Durchsagen im Rungholter Obi-Markt:

„Der Halter der Reichsflugscheibe mit dem amtlichen Kennzeichen WL472634 wird gebeten, sein Fahrzeug umgehend vom Mutter-und Kind-Parkplatz zu entfernen. Außerdem ist Ihr TÜV fällig. Seit 1944. Danke."

Angeblich soll ein 1942 mit voller Bombenlast abgestürzter britischer Lancaster-Bomber im Rungholter Moor liegen. James-Knut Richardson, ein angesehenes Mitglied der Gemeinde, bestreitet dies energisch. Das gelegentliche dumpfe Rumsen im Sumpf sei durch Methanblasen zu erklären.

Niemand von den Älteren kann sich erinnern, James-Knut vor 1942 auf der Insel gesehen zu haben. Aber Erinnerungslücken die Jahre 33 bis 45 betreffend sind in dieser Generation ja durchaus auch anderswo verbreitet. Außerdem hatte er 1946 die Tochter des Bürgermeisters geheiratet.

Überhaupt diente Rungholt in seiner Geschichte manch Gesuchtem als Zufluchtstätte. Oder als sicherer Ort zur Lagerung von sagen wir Wertgegenständen mit unklaren Eigentumsverhältnissen. Schließfach Nr. 4 der Rungholter Volksbank z.B. gehört einem gewissen Herrn Stürzdenbecher.

Zum Glück hatte besagter Klaus Stürzdenbecher damals im Voraus bezahlt. Sollte er also wieder vorbeischauen und seinen Schlüssel nicht verbummelt haben, all seine Habseligkeiten wären noch da.

Er gilt aber als etwas schusselig. Sogar seinen Kopf soll er mal verloren haben.

Ein weiteres beliebtes Versteck sind die Schließfächer am Rungholter Inselbahnhof. Einmal jährlich werden nicht abgeholte Gepäckstücke ungeöffnet unter den Einwohnern versteigert.

Wir blicken nun mit ganz anderen Augen auf das nachgemachte Fabergé-Ei auf Erna Petersens Kaminsims.

Und morgen besuchen wir Lars Ahabsen. Er leitet das örtliche Seniorenstift, das einst von seinem Urahn als Altersheim für Walfänger gegründet wurde. Das sei ein weit gereister Mann gewesen, angeblich sogar Vorbild für eine Romanfigur. Wohl irgendsoein fragwürdiger Schundroman.

Kapitel 7 - Tea time

Auf dem Weg zu Lars kommen wir am Rungholter Tee-kontor vorbei. Ein in aller Welt bekanntes Handelshaus, denn hier wurde der Earl Grey erfunden. Die Historie selbigen fragwürdigen Heißgetränks ist nicht unumstritten, erfahren Sie heute hier, wie es sich wirklich zugetragen hat.

Die "Flying Josephine" aus Newport, Rhode Island war einer dieser schnellen, eleganten Klipper, die ab Mitte des 19. Jahrhunderts Tee aus China zu den ungeduldig wartenden Bone-China-Kännchen in Europa und Amerika schafften. Die Krone des Segelschiffbaus, wie viele heute sagen.

Zwei Männer kommen ins Spiel. Ihr Eigentümer, George White, vorzüglicher Seemann, begnadeter Teekenner und lausiger Kartenspieler sowie William Grey, lausiger Seemann, in Bezug auf Tee völlig ahnungslos, aber ein begnadeter Falschspieler. Beide verband die Liebe zum Full House.

Kurzum, die Josephine wechselte in einer Liverpooler Hafenkneipe unter nicht ganz geklärten Umständen den Besitzer und Mr. Grey ins Teebusiness. Er erwarb einen größeren Posten des kostbaren Krauts im Reich der Mitte und machte sich auf den Weg nach England, ihn zu versilbern.

In der Nordsee kam es dann im Januar des Jahres 1861 während eines heftigen Wintersturm zu einer folgenschweren Kollision mit der Esmeralda, einem auf dem letzten Loch pfeifenden spanischen Seelenverkäufer, der eine Ladung ranziges Bergamottöl von Sevilla nach Bergen brachte.

Bergamottöl, das muss man wissen, ist ein Abfallprodukt der Zitrusfruchtindustrie und bestenfalls zum Abbeizen von Möbeln oder zur Bekämpfung von Silberfischen geeignet.
Beide Schiffe jedenfalls trieben nach ihrer Begegnung manövrierunfähig auf die raue nordfriesische Küste zu.

Im Strandgut-Lagerhaus von Rungholt kratzte sich etwas später Jens Jensen am Kopf. Was sollte er mit 100 Kisten bergamottölverseuchtem Tee niedrigster Handelsklasse anfangen? Die würde er beim Schadstoffmobil niemals loswerden. Und dafür extra nach Husum fahren zum Recyclinghof?

Die Lösung brachte Lord Percy Waverlysen, den es ein paar Jahre zuvor von seiner Segelyacht ins Meer, an den Strand von Rungholt und in die Arme von Lena Leversen gespült hatte. Er erinnerte sich an die Vorliebe seiner früheren Landsleute für kulinarische Grausamkeiten aller Art.

Zunächst sollte das damals nicht kennzeichnungspflichtige Gesöff, ausgehend von der Aufschrift auf den Teekisten, als „Öl Grey" vermarket werden. Die Vorliebe seiner Frau Lena für alles Adlige (ihn eingeschlossen) brachte Percy auf den imaginären Earl of Grey als Namenspatron.

Was aus den Besatzungen der beiden Schiffe geworden ist, dazu liegen leider keine Aufzeichnungen vor.

Allerdings geht das Gerücht, das Mr. Greys Nachkommenschaft heute über ganz Nordfriesland verteilt ist. Was dafür spricht, dass er den Schiffbruch zeugungsfähig überlebt hat.

Uns erreicht eine Mitteilung von Kapitän a.D. Wilh. Grausen, wohnhaft List auf Sylt. Er fordert uns unter Klageandrohung auf, derlei Behauptungen zu unterlassen.

Käptn Grausen veranstaltete in bis in die 80er Jahre Butterfahrten und versenkte dabei insgesamt 7 Fahrgastschiffe.

Kapitel 8 - Globalisierung

Geistige Getränke kaufen wir fortan nur noch bei Fiete Seltzersens Spirituosenhandlung. Sein Alkoholika-Sortiment sucht seinesgleichen. Über 250 Jahre alten schottischen Single Malt zum Beispiel bekommt man dank Rungholts Städtepartnerschaft mit Brigadoon exklusiv nur bei ihm

Wir würden jetzt zu gerne das allseits gerühmte örtliche Hagebutteneis probieren, aber die Eisdiele „Vineta" hat leider noch geschlossen. Ihr Besitzer Jürgen Bartollinissen macht jedes Jahr um diese Zeit Urlaub im Süden. Auf Norderney.

Von der Landkarte zu verschwinden ist vergleichsweise ein Kinderspiel. Von der friesischen Wetterkarte zu verschwinden hingegen gelingt selbst unseren pfiffigen Rungholtern nicht. Höchste Zeit also für einen Besuch bei Fanta Hapaglloydsens Ölzeug- und Gummistiefelfachgeschäft.

Fantas ursprünglicher senegalesischer Familienname erwies sich denn doch als zu große Herausforderung für friesische Zungen. Man benannte sie also kurzerhand nach dem angespülten Überseecontainer, aus dem man sie vor knapp 20 Jahren tropfnass und stinkwütend herausgezogen hatte.

Sie war auf ihrem eigenen Jungesellinnenabschied von einer eifersüchtigen Nebenbuhlerin mithilfe traditioneller westafrikanischer KO-Tropfen, immerhin rein pflanzlich und aus regionaler Produktion, erst ins Koma und dann in einen Container im Hafen von Dakar befördert worden.

Statt eines reichen Häuptlingssohnes bekam sie Knut und ein paar Jahre später Zwillinge. Da sie bis heute dem hiesigen Klima in herzlichster Abneigung verbunden ist, wurde sie mit der Zeit unfreiwillig zur unumstrittenen Expertin auf dem Gebiet der wetterfesten Outdoorbekleidung.

Ob klassisches Ölzeug, Jack Wolfskin-Jacken (Abgabe nur paarweise), Südwester, Gummistiefel, Wathosen, Thermounterwäsche, ob aus Rungholter Deichschafwolle, Neopren, Goretex, Salzwiesenkalbsleder oder Naturkautschuk, was Fanta nicht führt, das wurde einfach noch nicht erfunden.

Wir machen uns, nun professionell ausgerüstet mit schweren Wollmützen, wattierten Jacken, langen Unterhosen, wasserfestem Schuhwerk und 16 Schuss Leuchtmunition, auf den Weg. Die Überquerung der Pidder-Lüng-Straße gelingt ohne Verluste, erleichtert entern wir den „Alten Seehund".

Am Tresen eine weinende Frau mittleren Alters mit charakteristischem Kopfverband. Wir haben ihr linkes Ohr auf der Straße liegen sehen und sind daher nur mäßig überrascht. Immer diese Touristen, die aus Eitelkeit ohne Kopfbedeckung bei steifem Nordwind am Strand spazieren gehen.

Der aufmunternde Hinweis von Inseldoktor Paul Paulsen, dass sie mit etwas Glück ja das rechte Ohr würde behalten können, erzielt nicht den gewünschten Effekt.

Erst als wir sie damit trösten, dass Selfies ohne lustige Hundeohren ja kaum noch nachgefragt werden, beruhigt sie sich.

Der kleine Ole Paulsen, an der menschlichen Anatomie auf etwas ungesundere Art interessiert als sein alter Herr, klaubt derweil das Damenohr von der Straße. Es würde einen Ehrenplatz in seiner umfangreichen, aber makabren Sammlung abgefrorener Körperteile in Spiritus erhalten.

Kapitel 9 - Schwarzes Gold

Ein absolutes „Must" für jeden Rungholt-Reisenden ist Hans Riegelsens Lakritzkontor. Falls irgendwo auf der Welt jemand etwas auch nur annähernd für den menschlichen Konsum geeignetes herstellt aus Liquiritiae radix, so nennen wir Lateiners die Süßholzwurzel, der Hans der hats.

Aufgrund seines stets überzogenen Girokontos früher gehässig „der blanke Hans" genannt, war selbiger dann vor vielen Jahren auf eine schwarze Goldmine gestoßen. Lassen Sie mich Ihnen nun erzählen, wie es zur Erfindung der weltweit berühmt-berüchtigten dänischen Salzlakritze kam.

„Dänisch?" werden sich nun die mit norddeutscher Geschichte Unvertrauten verwirrt fragen. Ja. Bis zum Krieg 1864 unterstand man dem König von Dänemark. Im Staatsarchiv von Kopenhagen findet sich ein Schuhkarton mit der Aufschrift „Runghølt", der entsprechende Urkunden enthält.

Besagter Hans also wanderte eines Tages über den Rungholter Strand und geriet mit dem Schuh in eine klebrige schwarze Masse, die wohl die Flut angespült hatte. „Son Schiet" fluchte er lautstark, einen Teerbatzen solch enormen Ausmaßes hatte er noch nie gesehen. Und wie das roch.

Aber Teer? Nein, Teer war das nicht. Er bohrte mit dem Finger einen Brocken aus dem gummiartigen Klumpatsch. Neugierig schnüffelte er daran, dann berührte er die Masse mit der Zungenspitze. Ziemlich salzig, klar, aber bis auf den Sand zwischen den Zähnen war das echt nicht übel.

Hans holte eine Schubkarre und schaffte das Zeug zu Hein Heinsen, einem alten Fahrensmann, der die ganze Welt bereist hatte.

Hein spuckte seinen Prien aus, probierte, und sagte „Das‘ Lakritz, Du Dösbaddel". Mehr war aus ihm nicht rauszuholen, vier Worte waren sein Wochenpensum.

Nun da er wusste, was er gefunden hatte, musste Hans nur noch einen Weg finden, es zu portionieren und als Heilmittel gegen angegriffene Bronchien und Magenwände zu vermarkten. Kommt Zeit, kommt Rat, erstmal musste er zur Arbeit, er hatte einen Minijob als Torfstecher ergattert.

Als er dann in seinen rechten Gummistiefel stieg, trat er in etwas unangenehm knusprig-weiches. Eine Schnecke war über Nacht eingezogen und bereute das gerade mindestens so sehr wie Hans. Angeekelt betrachte er die Sauerei an seiner Socke. Dann brüllte er plötzlich „DAS IS-SES!".

Vor einiger Zeit hatten sie aus dem Wrack der „Mandolina", Heimathafen Triest, eine Nudelmaschine Marke „Regina Pasta" geborgen. Mit ihrer Hilfe und der von Tante Olga gelang es ihm schließlich, Lakritze in langen Schnüren herzustellen und sie platzsparend aufgewickelt einzutüten.

Was Tante Olga damit zu tun hatte? Zum einen war sie in ihrer Jugend norddeutsche Landesmeisterin im Wollknäuelwickeln gewesen. Zum anderen naschte sie furchtbar gerne. Und da in jener Zeit Tierversuche als unethisch galten, musste statt der Katze Olga die Lakritzfäden probieren.

Ich würde Ihnen ja nur zu gerne weißmachen, dass auch Røde Pølser, die sagenumwobenen und außerhalb Dänemarks nahezu unverkäuflichen roten Hotdog-Würstchen, auf Rungholt erfunden wurden.

Allerdings gingen die Fässer mit giftiger roter Farbe, die an Deck der Towarischtsch, eines Segelschulschiffs der russischen Marine, nachlässig vertäut worden waren, etwas weiter nördlich über Bord. Sie landeten so in dänischen Hoheitsgewässern. Den Rest können Sie sich denken.

Kapitel 10 - Zeitgeist

Natürlich weiss Helga Palantirsen, örtliche Fachkraft für Spökenkiekerei und Fachhändlerin für Esoterikbedarf, bereits, dass wir sie heute nachmittag voll Neugier besuchen werden.

Wir hingegen erfahren erst in etwa zwei Stunden zufällig beim Butterkuchenessen von ihrer Existenz.

Es sind Lost Wochos bei McDonalds im Rungholter Gewerbegebiet! Sie haben richtig gelesen. Nur hier gibt es diese Aktionstage, dem Gedenken an die auf See Gebliebenen gewidmet. Zum BigFishMäc, im Übrigen ohnehin der einzige hier angebotene Burger, serviert man Rettungsring-Pommes.

Rettungsring-Pommes tragen ihren launigen Namen nicht etwa wegen ihrer durchaus ein wenig ungewöhnlichen Form, sondern ausschließlich aufgrund ihrer Neigung, sich umgehend nach Verzehr in charakteristischer Weise um die Körpermitte des unbedarften Fastfood-Liebhabers abzulagern.

Weithin sichtbarer Funkenflug und lautes Gehämmer, in der Scholtsen-Werft werden Überstunden gemacht. Der Chef, genannt Kutter-Scholli, zeigt uns stolz seinen Katalog. Seeminenattrappen aller Bauarten und Epochen sind sein Spezialebiet, da macht ihm an der Küste keiner was vor.

Am beliebtesten sind klassische kugelförmige Treibminen, die aussehen wie ein Sputnik mit Warzen. Die erkennt jeder sofort. Gerade hat der Vogelwart von

Norderoog zwei Stück bestellt, gibt nix besseres gegen neugierige Freizeitkapitäne, die seinen Seeschwalben auf die Eier gehen.

Die Jungs von der Marine kennen die Nachbauten natürlich. Ab und an kommt ein Minensuchboot und bringt die guten Stücke, von panischen Seglern gemeldet, „entschärft" zurück. Scholli hat so das eine oder andere seiner Werke schon mehrfach verkauft. Mitunter an denselben Käufer.

Ein kleineres Problem stellte letztes Jahr eine Ankertaumine dar, die sich in einem Haufen angelieferter Retouren fand. Statt Schollis Markenzeichen (Hammer und Schwertfisch) trug sie eine Seriennummer der Kaiserlichen Marine. Die Evakuierung des Werftgeländes verlief problemlos.

Wie alles, was den Rungholtern nicht ganz geheuer ist, sollte die Mine ihre letzte Ruhestätte im Moor finden. Auf einem Flachwagen der alten Torfbahn tuckerte sie ihrem Lebensabend entgegen, als sie auf Höhe der neu erbauten Windkraftanlage ins Rollen geriet und herunterpurzelte.

Nun, das Windrad war zwar ausgelegt, einem Orkan zu widerstehen, hatte dem 99 Jahre alten militärischen Sprengstoff aber wenig entgegenzusetzen. Zufrieden beschloss die Bürgerinitiative „Keine Windkraft für Rungholt e.V." auf der nächsten planmäßigen Sitzung ihre Selbstauflösung.

Kapitel 11 - Takelage

„Mein Hasso" sie blickte hinauf zu den Sternen „ist jetzt da oben". Selma Sigbjörnsen, Bewohnerin des alten Rungholter Leuchtturms, sprach nicht etwa über ihren dahingeschiedenen Vierbeiner, sondern von ihrem in den 1960ern unter mysteriösen Umständen verschwundenen Ehegatten.

Hasso war, obwohl ein eher farbloser Typ, ein ortsbekannter Schwerenöter gewesen. Sein Modegeschmack war extravagant, geradezu futuristisch. Gewöhnlich gut informierte Kreise (die Rungholter Landfrauen) munkelten, er sei beim Militär und mache da Hochgeheimes. Mit Raketen und so.

Das ist natürlich alles nur Gerede. Vermutlich hat sich Hasso mit einer neuen Flamme nach Gran Canaria abgesetzt, als ihm Selma nicht mehr knackig genug war. Die freundliche blonde Dame vom Galaktischen Sicherheitsdienst, die uns das zutrug, wirkte jedenfalls absolut glaubwürdig.

Auf dem Heimweg vom Leuchtturm kommen wir am Wohnwagen von Frans Vermeulsen vorbei. Seine Ankunft in Rungholt war für alle Seiten etwas überraschend gekommen, zumal er sich eigentlich mit Golf II, gelbem Nummernschild und Campinganhänger auf dem Weg nach Dänemark befunden hatte.

Alle Warnungen, bei Orkan doch unbedingt mit Gespannen die Rader Hochbrücke zu meiden, hatte er buchstäblich in den Wind geschlagen. Was ihm eine unsanfte

Landung und den Titel „Der fliegende Holländer" eintrug. Pragmatisch verlegte er seinen Urlaub nach Rungholt. Das war 1988.

Als seefahrendes Volk haben die Holländer langjährige Erfahrung in der Nutzung von Naturfasern zur Herstellung von Tauwerk aller Art. Auch Frans betreibt zu diesem Zweck hinter dem verbeulten Wohnwagen eine Hanfplantage und liefert allerfeinstes, nun, sagen wir, Takelagematerial.

Sollten Sie also auf Produkte der Marke "Flying Dutchman" stoßen, auf Bootsmessen zum Beispiel oder bei Ihrem örtlichen Lieferanten für Naturfaserprodukte, so wissen sie nun, dass sie Ware aus nachhaltigem biologischen Anbau kaufen und die Rungholter Landwirtschaft unterstützen.

Zum Glück ist Wachtmeister Malte Metylsen auf diesem Auge blind. Überhaupt scheint Blindheit bei der Famile Methylsen erblich bedingt gehäuft aufzutreten. Über die Jahrhunderte gibt es immer wieder Berichte über derartige Fälle bei der angesehenen Rungholter Schwarzbrennersippe.

Bösartige Gerüchte besagen, dass auch die langjährige Liaison von Frans mit Lisbeth Metylsen, genannt Sissy und ihres Zeichens Schwester des wackeren Dorfsheriffs Malte, zur positiven Geschäftsentwicklung beigetragen hätte. Wir distanzieren uns energisch von derlei Behauptungen.

Wie wir uns da so sicher sein können? Nun, gestern auf dem Nachhauseweg, da trafen wir Frans und Malte.

Händchenhaltend. Und so wild Sissys Liebesleben auch sein mag, Frans spielt darin keine Rolle. Und jetzt entschuldigen Sie mich. Lisbeth und ich gehen heute Abend schick aus.

Kapitel 12 - Wer nicht deichen will...

Überhaupt, die Holländer. Können Sie sich vorstellen, was los war, als Mitte der 70er Jan Kees Poldermeester, ein hochmotivierter Wasserbauingenieur, vorschlug, doch auch in Nordfriesland der Nordsee Land abzuringen. Und da böte sich doch das Gebiet um das versunkene Rungholt an.

Der eiligst einberufene Rungholter Krisenstab beschloss, zur Abwehr dieses existenzbedrohenden Vorhabens zweigleisig zu fahren. Zum einen würde man auf besagten Jan Kees, nun, nennen wir es "einwirken", um ihn von seiner Idee abzubringen. Zum anderen würde man Verbündete suchen.

Nun hatte der Umweltschutz in den 70ern lange nicht den Stellenwert wie heute. Greenpeace steckte noch in den Kinderschuhen und der B.U.N.D., leicht für oder gegen jedes missliebige Projekt in Stellung zu bringen, sofern nur die Kasse stimmt, war noch nicht einmal gegründet.

Die Gründung des B.U.N.D. 1975 fällt natürlich nur rein zufällig zeitlich zusammen mit dem Abfluss eines größeren Betrages aus dem Rungholter Reptilienfonds. Und mit der Erstbeschreibung einer neuen Art, der weltweit einzig hier vorkommenden scharlachroten Wattwanderheuschrecke.

Parallel dazu gewann Jan Kees bei der traditionellen jährlichen Rungholter Lotterie "Friesenmillion" einen der begehrten Bauplätze im gerade erschlossenen

Neubaugebiet Westerdeichbrookmarschwarder-Süd. Auch dieses Glücksspiel wird, wie der Zufall so will, seit 1975 veranstaltet.

Jan Kees Poldermeestersen war aus Termingründen für eine Stellungnahme nicht zu erreichen. Die Abarbeitung eines Großauftrags für die Kompletterneuerung aller Küstenschutzanlagen Rungholts nach neuesten Erkenntnissen würde ihn leider komplett auslasten. Wie auch seine Enkel noch.

Von Landgewinnung redet nun schon lange keiner mehr, man ist froh, wenn man das, was noch da ist, vorm blanken Hans retten kann. Aufgrund der globalen Erwärmung wird in einigen Jahrzehnten dank Jan Kees nur noch Rungholt wir ein einsamer Leuchtturm aus den Nordseefluten ragen.

Woher das ganze Material für die umfangreichen Küstenschutzmaßnahmen kommt? Nun, jedes Jahr im Frühling wird rund eine Million Kubikmeter Sand vor Sylt aufgespült, um die Reetdachvillen vorm Absaufen zu retten. Schon mal darüber nachgedacht, wohin der so übers Jahr verschwindet?

Zugegeben, die Russen hatten ein wenig pikiert reagiert, als eines ihrer Küstenmotorschiffe nach dem anderen plötzlich zwischen Rotterdam und Nordostseekanal von den Radarschirmen verschwunden war. Interessanterweise nur die, die Stahlröhren für den Pipelinebau geladen hatten.

Alle Frachter tauchten nach kurzer Zeit in der Nordsee treibend wieder auf. In den besenreinen Laderäumen fand sich mal eine polnische Zigarettenschachtel, mal eine Tüte ukrainische Hustenbonbons. Nun, die Gaspipeline zwischen Russland und Deutschland hat ja nicht nur Freunde...

Kurzum, zwischen Moskau und Warschau krachte es daraufhin ziemlich heftig.

Und die Ukrainer wurden bis heute im Unklaren darüber gelassen, dass sie den Verlust der Krim möglicherweise den Aktivitäten des rührigen Rungholter Auslandsnachrichtendiensts RIA zu verdanken haben.

RIA steht übrigens nicht, wie sonst üblich, für eine dieser sinnbefreiten DBAs (Dreibuchstabige Abkürzungen), sondern wurde als Name gewählt zur Erinnerung an Ria Harisen, legendäre Gründerin dieses geheimsten aller Geheimdienste. Erzählt uns Hans Bondsen, der derzeitige Leiter.

Hin und wieder saugt diese Sandpipeline, im Volksmund Rantum-Rohr genannt, auch Unerwartetes an. Haben Sie letztlich die Geschichte von dem auf rätselhafte Weise vor Sylt verschwundenen Surf-Weltmeister mitbekommen? Die Boulevardpresse spekulierte damals über einen Hai-Angriff.

Zur Freude seiner Sponsoren tauchte der vermisste blonde kalifornische Sonnyboy ein paar Stunden später, verwirrt auf seinem Surfbrett sitzend, am FKK-Strand von Buhne 16 wieder auf.

Erregte Nacktbader hatten der Polizei einen perversen Spanner mit Neoprenfetisch gemeldet.

Beim anschließenden Verhör konnten die Ordnungshüter außer "Sand, überall Sand!" nicht viel aus ihm herausbekommen. Man ging davon aus, dass er wohl sein Board an den Kopf bekommen haben musst. So eine heftige Gehirnerschütterung zeitigte mitunter ja die eigenwilligsten Symptome.

"Ich wurde durch das Rantum-Rohr nach Rungholt gesogen" ist als Ausrede in etwa so glaubwürdig wie "Ich wurde von Aliens entführt, die meine Genitalien vermessen wollten". Weswegen, wer ein solches Schicksal erleidet, lieber auf immer darüber schweigt. Egal welches von beiden.

Sollte also Ihr Date auf Sylt Sie mal mit fadenscheiniger Ausrede in der Kupferkanne oder bei McDonalds in Westerland versetzen, gewähren Sie ihm oder ihr, was der Engländer "the benefit of the doubt" nennt. Flüstern Sie dazu zwinkernd "Gut, die Rungholter Krabben, nicht wahr?"

Es ist übrigens ein bösartiges Gerücht, dass die Rohrbedienmannschaft, gut getarnt stationiert auf dem Krabbenkutter "Ilse", mit dem Fernglas die Sylter Badestrände absucht, um dann gezielt dralle Blondinen anzusaugen.

Saugwart Uwe hat nämlich eher eine Schwäche für Brünette.

Das Ganze rührt aus der unseligen Zeit, als Irmi Ibäisen mit Mail-Order-Bräuten, die per Rohrpost geliefert wurden, zu ansehnlichem Wohlstand gelangt war. Heutzutage bestehen die Kutterbesatzungen aus handverlesenen, integren jungen Männern. Und Bräute bestellt man im Internet.

Der unfreiwillig angesaugte Surfstar übrigens tauchte nach Ablauf seiner lukrativen Werbeverträge bei Ulla Wachsen auf, ehelichte sie und gründete mit ihr Rungholts erste Surfschule.

Ulla ihrerseits tauchte etwas später vor dem Haus der Ibäisens auf. Mit einem Bündel Geldscheine.

Kapitel 13 - Musik, zwei, drei, vier!

Kommen wir jetzt zur bunten Rungholter Kulturszene. Sie wird für ihre Vielfalt und Originalität von Pellworm bis Nordstrand gerühmt. Die Freiheit der Kunst ist hier ein traditionell ein hohes Gut, doch ein finsteres kulturgeschichtliches Kapitel harrt noch seiner Aufarbeitung.

Es geht um das Verbot der öffentlichen Darbietung von Liedgut nichtfriesischen Ursprungs. Dieses hat nichts damit zu tun, dass man die eigene Kultur vor fremden Einflüssen schützen will. Im Gegenteil, weltweite Musiktrends nahmen hier ihren Ausgangspunkt. Boybands zum Beispiel.

Man muss dazu wissen, dass Boy ein traditionell friesischer Männervorname ist. Es lag also für den gerade dem Stimmbruch entronnenen Boy Boysen nahe, seiner Combo den Namen „Boy-Band" zu geben. Wie sich zeigte, trafen er und seine Mitstreiter im wahrsten Sinne den richtigen Ton.

Der phänomenale Erfolg dieser ersten Boyband, insbesondere bei der örtlichen Damenwelt, bewirkte, dass Nachahmergruppen wie Pilze aus dem Boden schossen.

Nun geht leider große Begeisterung für die Musik nicht unbedingt immer einher mit großer Begabung für die Erzeugung derselben.

Ausschlaggebend für das Aufführungsverbot indes waren die Klagen von Roy Robsen, dem Leiter der Rungholter Heuler-Auffangstation. Immer wieder kam es vor, dass bei ihm zarte Knäblein abgegeben wurden, die besorgten Wanderern aufgrund ihres jämmerlichen Gesangs aufgefallen waren.

Bevor endlich die Eltern der seltsamen Findlinge ausfindig gemacht werden konnten, hatten diese bereits Robsens Heringsvorräte dezimiert und sich Prügeleien mit halbstarken Seehunden geliefert.

Boybands wurden alsbald zum Rungholter Exportartikel Nr. 1. Nur so wurde man sie los.

Ich beschließe, Arn Sausen, den Musikredakteur der angesehenen Rungholter Wochenzeitschrift "Meeres-Spiegel" zu treffen. Er besteht standesgemäß auf einem Sternerestaurant als Treffpunkt. Im Gegensatz zur Hamburger Journaille genügt ihm allerdings das Strandcafé Seestern vollauf.

Nach Austausch von Höflichkeiten, einem 12-Gänge-Menü und Begleichen von Arnsens offenen Alkoholikarechnungen beim Wirt, in Summe entsprechend etwa dem Bruttosozialprodukt einer mittleren Bananenrepublik, willigt er ein, mich in einen der Underground-Clubs einzuschleusen.

Nun bedeutet "Underground" in Rungholt zunächst einmal nur, dass in dem Club wegen des hier in Küstennähe üblichen hohen Grundwasserspiegels Gummistiefelpflicht herrscht. Das gewagteste Dancefloor-Outfit bekommt dadurch eine ganz eigene, sagen wir lokale, eher bodenständige Note.

Das schummrige Etablissement, das wir betreten, ist in gut informierten Kreisen bekannt für provokative

Gastauftritte von auswärtigen Künstlern, die im Kreise weniger Eingeweihter hier ihre verbotene, unfriesische Musik darbieten.

Heute Abend stehen Gitti und Erika auf der Bühne.

Kurz bevor sich unser Trommelfell zum Selbstschutz spontan zurückbildet, verlassen wir die im Untergeschoss einer stillgelegten Harpunenmanufaktur gelegene beliebte Abtanzstätte. Wenige Minuten später stürmt ein Einsatzkommando der Behörde für unrungholtischer Umtriebe den Laden.

Gitti wird umgehend ausgewiesen, Erika zum Verhör nach Guanotanamø gebracht, einer alten, aufgegebenen dänischen Festung knapp außerhalb friesischer Jurisdiktion. Man wird sie dort nach allen Regeln der Kunst befragen, um an die Namen von Hintermännern und Mitwissern zu gelangen.

Waterboarding allerdings wird ihr dort nicht drohen. Rungholter Verhörspezialisten erscheint es unplausibel, dass das Gefühl drohenden Ertrinkens irgendjemanden dazu bewegen könnte, Vertrauliches preiszugeben.

Wenn dem so wäre, gäbe es kein einziges Geheimnis in ganz Friesland.

Dies löst jedes Mal völlig ungläubiges Kopfschütteln aus bei den ansonsten nachhaltig beeindruckten Fachbesuchern aus aller Welt, egal ob sie von der CIA, der päpstlichen Inquisition oder der nordkoreanischen Rundfunkgebühreneinzugszentrale hierher ins Watt entsandt worden waren.

Aber selbst wenn Erika verraten würde, wer hinter dem gesetzeswidrigen Import auswärtiger Musik steht und es wirklich zu einer Anklage und gar Verurteilung käme, nach uraltem Rungholter Recht stünde dem Delinquenten immer die Möglichkeit offen, auf einem Gottesurteil zu bestehen.

Sie meinen, das wäre ja barbarisch? Nun, dazu muss man wissen, dass in diesem speziellen Falle eine eher wenig blutrünstige Gottheit zuständig zeichnet. Dass Gottesurteil besteht nämlich darin, einen Nachtmarsch durch das berüchtigte nördliche Rungholter Teufelsmoor zu überleben.

Kam man heil hindurch, so war man frei und alle Anklagepunkte wurden fallengelassen.

Was zu Zeiten der alten Friesen eine gute Idee zu sein schien, wird durch die Tatsache unterlaufen, dass das nördliche Teufelsmoor jahrhundertelang als Hausmülldeponie diente und zugeschüttet wurde.

Mehr als eine Wäscheklammer auf der Nase braucht heutzutage niemand mehr, um sicher von einem Ende dieses Moors zum anderen zu gelangen.

Das nimmt zugegebenermaßen der mitunter martialisch erscheinenden Rungholter Rechtstradition ein klein wenig von ihrer urtümlichen Schärfe.

Kapitel 14 – Was für eine Wirtschaft

Wir besichtigen heute das Werk der Rungholter Tiefkühl-kost-AG, dem wichtigsten Arbeitgeber am Ort. Interessiert beobachten wir, wie die Fischstäbchenportioniermaschine unermüdlich Riegel um Riegel des beliebten Produktes ausspuckt. Betriebsleiter Harm Bückelsen erklärt geduldig.

"Hier werden die vorgebratenen Fischstäbchen gefrostet und für die Verpackung vorbereitet."

Er greift aufs Förderband und reicht uns zwei noch warme Exemplare. Neugierig probieren wir natürlich sofort. Lecker. Goldbraune knusprige Panade umhüllt von goldbrauner knuspriger Panade.

Uns wird langsam klar, auf welche Weise der Überfischung der Nordsee Einhalt geboten wird. Und wieso die Rungholter Tiefkühlkost-AG bei gleichem Inhalt deutlich größere Pappschachteln verwendet als der Wettbewerb. Nur so war nämlich genug Platz für all die Nachhaltigkeits-Siegel.

Das Kundenserviceteam denkt immer noch gern zurück an die Beschwerde einer Kundin, die behauptete, eine Gräte in ihrer 15er Packung "Rungholter Goldfinger" gefunden zu haben. Bückelsen schüttet sich förmlich aus vor Lachen, als er diese Anekdote aus der Firmengeschichte erzählt.

Im Rungholter Industriegebiet West finden wir ferner die traditionsreiche Quallentrocknerei Knutsen&Sohn, die Stahltanks, in denen Dr. Fuchsbergersens Teerfleckenentferner reift, das Seetangwalzwerk der Friesischen Algenverarbeitungsbetriebe e.G. und die Sandsacknäherei Paulsen.

Laut zischt der Vakuumerzeuger der P&M Wattgoldwerke. Baumärkte im gesamten Bundesgebiet werden von hier aus mit salzdruckimprägnierten Pfahlmuscheln beliefert. Ein nachwachsender Baustoff aus organischem Anbau, beliebt bei Heimwerkern und Gartenbauern von Garmisch bis Flensburg.

Die Rungholter Pfahlmuschel (Mytilus runholtis) unterscheidet sich von ihren überall in der Nordsee heimischen Verwandten darin, dass sie in genormten Längen von 100, 150, 200 und 250cm vorkommt. Ausgewachsen hat sie exakt 10cm Durchmesser, was sie für den Zaunbau prädestiniert.

Versuche, ergänzend ihr glibberiges Innenleben als Nahrungsmittel zu verwerten, scheiterten an der Akzeptanz der Konsumenten. Auch aufgewickelt, das ergaben Studien Rungholter Marktforscher, passt eine Zweimetermuschel nur mit Mühe in genormtes induktionstaugliches Kochgeschirr.

Die alljährliche Pfahlmuschelernte hat sich zu einer Rungholter Touristenattraktion sondergleichen entwickelt. Staunende Besucher verfolgen, wie unter dem Einsatz urtümlicher friesischer Muskelkraft die begehrten Weichtiere trotz heftigster Gegenwehr aus dem Watt gezogen werden.

Die dabei entstehenden markanten Stöhn-, Schmatz- und Sauglaute nutzt übrigens das Rungholter Tonstudio "Ohrmuschel" für die Synchronisierung cineastischer Nebenprodukte der Kategorie Erwachsenenunterhaltung und erlangte auf diese Weise globale Marktführerschaft in dem Genre.

Da Sie sich nun, auch wenn Sie das natürlich niemals zugeben würden, in etwa vorstellen können, wie sich eine Rungholter Pfahlmuschelernte anhört, kommen wir zu einem weiteren Traditionsunternehmen. Dak Tarisens Tropenbekleidungsmanufaktur, Hauslieferant des Reichskolonialamtes.

Wie kann sich, werden Sie sich fragen, eine derartige Firma heutzutage, und dann hier mitten im Watt, überhaupt halten? Schließlich haben wir doch seit 1919 keine Kolonien mehr. Oder?

Sie sind, lieber Leser, wie üblich bestens, aber zum Glück nicht ganz vollständig informiert.

Hören Sie die Dampfpfeife aus Richtung des Rungholter Hafens? Es ist das monatliche Postschiff nach Deutsch-Neu-Klein-Südwestsamoa, der vergessenen Kolonie im Südpazifik. Wie das passieren konnte? DNKSWS, wie das beschauliche Eiland kurz genannt wird, wurde schlichtweg übersehen.

Nach dem 1. Weltkrieg gab es so viel zu sichten, zu ordnen und zu sortieren, da kann ein Inselchen in der Südsee schon mal im wahrsten Wortsinne unter den Tisch fallen. Und da keine der Siegermächte Begehrlichkeiten in

Richtung DNKSWS zu erkennen gab, geriet es in Vergessenheit.

Die 237 Einwohner der Insel waren außer sich. Man sandte Petition auf Petition nach Berlin, doch in den goldenen Zwanzigern war man dort eher dem Akt- als dem Aktenstudium zugetan.

Die Delegation, die man zornentbrannt in die Reichshauptstadt schickte, kam dort allerdings nie an.

Sie ahnen, was passiert war. Das in traditionell südwestpazifischer Bauweise hergestellte und ansonsten sehr seetüchtige Schiff wurde ein Opfer der rauen Nordsee.

Die glückliche Besatzung fand sich, einen Grog in der Hand, unter Seelenverwandten im Rungholter Dorfgasthof wieder.

Seit damals gibt es einen regen Kontakt zwischen Deutsch-Neu-Klein-Südwestsamoa und Rungholt. Man importiert Südfrüchte und Hulatänzer, exportiert Außenborder und Enterhaken, tauscht Schulklassen, Seniorengruppen und traditionelle Rezepte zur Herstellung von Schrumpfköpfen aus.

Ganz nebenbei fand durch diese ungewöhnliche Städtepartnerschaft auch der Strandkorb seinen Weg nach Deutschland. Als Thron für Königin Pipilanga die Vierundzwanzigste gefertigt, gelangte das erste dieser Möbel nach Rungholt, als sie ungeplant Opfer eines Volksaufstandes wurde.

Revolutionen gehören dort zum Kulturgut, für diese zuständig zeichnete das Südpazifische

Unabhängigkeitskollektiv, kurz SPUNK. In der Regel fallen derartige Umstürze kurz und unblutig aus, leider ging diesmal das königliche Ochsengespann beim Anblick der wackren Aufrührer durch.

Das wäre weiter nicht schlimm gewesen, die junge Regentin sprang flugs von dem Gefährt und landete sicher auf der Straße. Wo sie dann dummerweise Opfer einer der dort üblichen mühlsteingroßen Münzen wurde. Einer ihrer Untertanen rollte nämlich gerade seinen Monatslohn nach Hause.

Königstreue und Revoluzzer lagen sich weinend in den Armen, trauerten um ihre schöne, ihnen so vorzeitig auf grausame Weise entrissene Herrscherin und verfluchten gemeinsam den gnadenlosen Kapitalismus.

Seitdem zahlt man dort übrigens mit Euro.

Der gerade fertiggestellte Thron wurde auf das nächste Schiff Richtung Europa verladen, zu sehr schmerzte sein Anblick die sensiblen Insulaner. Sie zogen sich dann zur Staatstrauer zurück in ihre reetgedeckten Fachwerkhäuser, deren Vorkommen in der Südsee Experten ein Rätsel ist.

Beim Entladen stutzten die Rungholter kurz. Was sollte man mit diesem klobigen Geschütz denn anfangen? Man beschloss, wie immer, wenn man sich unschlüssig war, die Sache dem Meer zu überlassen.

Kräftige Männer schleppten das Trumm an den Strand, alles weitere würde sich finden.

Am nächsten Morgen war das Möbel aber nicht der Flut, sondern einem Touristenehepaar aus Wuppertal anheimgefallen. Die beiden Frührentner verbrachten von da an gutgelaunt den Rest ihres Urlaubs und jeden weiteren bis an ihr selig Ende im "Strandkorb", wie man seitdem dazu sagt.

Rungholt importiert seither massenhaft und zollfrei "Königsthrone" aus der Südsee. Praktischerweise tragen sie, als koloniales Erbe, allesamt "Made in Germany"-Aufkleber und erfreuen sich dank attraktivem Preis-Leistungsverhältnis allergrößter Beliebtheit an Nord- und Ostsee.

Deutschland, so vermutet man in Neu-Klein-Südwestsamoa, müsse wohl ein sehr großes Archipel mit vielen tausend Inseln sein. Nur so (oder durch äußerst zahlreiche erfolgreiche Revolutionen) kann man sich dort den immensen Bedarf an geflochtenen Sitzmöbeln für Häuptlinge erklären.

Besorgnis erregt die Bestandsentwicklung bei den panzerlosen Bikini-Spannhautschildkröten, die das Material für die Sitzbezüge liefern. Nichts kommt echtem Kunstleder so nahe.

Besagte Tierchen wurden übrigens in den 50er Jahren erstmals gesichtet. Weil sie im Dunkeln leuchten.

Kapitel 15 – Von Walen und Verwaltungen

Aber kommen wir von fernen, pazifischen Gestaden wieder zurück in friesische Gefilde. Hier laufen langsam die Vorbereitungen für das traditionelle Biikebrennen an. Die Rungholter Müllabfuhr sammelt wie jedes Jahr Weihnachtbäume, Gartenabfälle, Sperrmüll und Fässer mit Altöl ein.

Biikebrennen sagt ihnen nichts? Nun, in alten Zeiten verabschiedeten die Friesenfrauen mit weithin sichtbaren Holzfeuern am Strand ihre zur Walfangsaison aufbrechenden Gatten. Und informierten so gleichzeitig die auf dem Festland mit geschwollenen Testikeln wartenden Hausfreunde.

Und während die seefahrende Rungholter Männerwelt die Bordelle zwischen Reikjavik und Neufundland unsicher machten, sorgten ihre Frauen zuhause für eine Auffrischung des insularen Genpools. Und für reparierte Wasserleitungen, ausgebesserte Reetdächer und frisch gestrichene Zäune.

Heute ist das natürlich alles ganz anders. Die Ehemänner fahren nicht mehr raus zum Walfang. Und die Hausfreunde haben alle Handys.

Insofern dient diese liebgewonnene Tradition in unseren Tagen nur noch dem Zweck der Förderung der Geselligkeit. Und der illegalen Abfallentsorgung.

Organisiert wird das feurige Volksfest wie stets von der Rungholter Biikergruppe unter der Leitung von Karli Davidsen. Nachdem sich die Besucher in ausreichendem Maße den Rauchschwaden kokelnden Sondermülls ausgesetzt haben, wird zum obligatorischen Grünkohlschmaus geschritten.

Dieses gesellige Beisammensein, eine einmalige Kombination aus verrauchten Klamotten, Kübeln fettigen Grünkohls und salziger Kartoffeln, Humpen schäumenden Bieres, Brägenwurst und Kümmelschnaps führt regelmäßig zu einem Einbruch des Rungholter Bruttoinlandsprodukts im Februar.

In der amtlichen Statistik wird Rungholt daher irrtümlicherweise unter der Kategorie "Karnevalshochburgen, kannze um die Zeit verjesse, da liejen de alle unner de Tisch" geführt. Eine Fehleinschätzung eines kleinen Jecken beim statistischen Bundesamtes. In Wiesbaden. War ja klar.

Karneval, Fasching und sonstiger Mummenschanz ist dem Rungholter komplett wesensfremd. Ganz im Gegenteil, die Flucht vor tollen Tagen gilt als einer der Gründe, die in der Regel zu sofortiger Annahme eines beim friesischen Amt für Migrationsfragen gestellten Asylantrages führen.

Aus Kostengründen ist besagtes Amt für Migrationsfragen auch für Kröten-, Watt- und Dünenwanderungen zuständig. Außerhalt der Fastnachtssaison hätten die Mitarbeiter schließlich sonst kaum etwas zu tun. Die Mehrzweck-Antragsformulare führen allerdings gelegentlich zu Verwirrung.

Die Rungholter Initiative für Bürokratieabbau und Papiereinsparung reduzierte die Anzahl existierender Vordrucke drastisch. Was dazu führt, dass Fördergelder für Krötenzäune, Wattführerausweise und der Nachzug von Familienangehörigen auf demselben Formblatt zu beantragen sind.

Überhaupt gilt die Rungholter Verwaltung als äußerst bürgernah. Als Folge eines kleineren Korruptionsskandals, in dessen Folge der damalige Amtsleiter mit Fackeln und Mistforken ins Moor getrieben wurde, hat man die Gehaltszahlungen an öffentliche Bedienstete komplett eingestellt.

Man erreichte auf diese Weise eine europaweit einmalige Transparenz. Ein Aushang am Rathaus informiert über aktuelle Tarife.

Baugenehmigungen kosten ein halbes friesisches Sattelschwein, für die Ausstellung einer Geburtsurkunde ist eine Mikrowelle (min 500 Watt) zu entrichten.

Naturgemäß unterliegt diese Gebührenordnung gewissen Schwankungen, je nach Lebenssituation des zuständigen Behördenmitarbeiters. Man sollte sich also tunlichst kurzfristig informieren, sonst schleppt man einen Norderneyer Schinken an und der neue Verkehrsamtsleiter ist Veganer.

Die Ahndung von Ordnungswidrigkeiten wird ähnlich pragmatisch gehandhabt. Als etwa ein ortsbekannter Schmierfink das Rathaus mit zotigen Sprüchen verzierte, musste er für ein Jahr die Versorgung der Verwaltung mit Stiften sichern.

So entstand dann Ed Dingsens Schreibwarenimperium.

Ohnehin ist den wenigsten bekannt, dass Graffiti auf eine Erfindung der Wikinger zurückgehen. Auf ihren Plünderungszügen hinterließen diese Hinweise an markanten Objekten, und wer die Zeichen zu lesen versteht, kann ihre Botschaften heute noch an alten Rungholter Häusern finden.

Die Nachrichten dienten der, sagen wir, Optimierung des betrieblichen Kommunikationsflusses. Wir finden Inschriften wie "Ragnar war hier" und "Nächste planmäßige Brandschatzung 06/784". Teilweise muten sie allerdings eher profan an. Oder wir deuten "ACHTUNG! D-KÖRBCHEN!" falsch.

Erst seit wenigen Jahrzehnten vermögen Rungholter Archäologen die Runen zu entziffern.

Seitdem ist auch Erna Petersen klar, weshalb ihr Vorgarten frei von jeglicher Vegetation ist.

Die lustige Kritzelei am steinernen Torpfosten bedeutet nämlich "Hier Zentrale Bedürfnisanstalt!".

Ein kompletter Bodenaustausch bin in fünf Meter Tiefe löste auch dieses Problem, seitdem grünt und blühts vor Ernas Fenster, dass es eine wahre Freude ist. Das Problem mit dem entstandenen kontaminierten Aushub löste man pragmatisch auf nach alter rungholtischer Art und Weise.

Man schaffte das giftige Zeug nicht ins Moor, sondern nutzte es stattdessen als Ballast für einen Frachter

Richtung Hamburg. Kurz vor Erreichen des Hafens kippte die Crew die Ladung in die Elbe.

Das jährliche Fischsterben im Mühlenberger Loch erinnert heute an diese Begebenheit.

Kapitel 16 – Keramik. Und der Schniedelwutz des Verderbens

Während seiner Verbannung aus der Medienöffentlichkeit fand Jörg Kachelmann in Rungholt Zuflucht. Da Meteorologie hierzulande als Spökenkiekerei gilt und die Hellseher-Innung sich gegen seine Aufnahme sperrte, wandte er sich der Herstellung traditioneller friesischer Keramik zu.

Fliesen, Kacheln, bauchige Teekannen, Pinkelpötte, Kachelmann lebte sich zunächst gut ein und saß fröhlich pfeifend hinter seiner Töpferscheibe, als ihm Demi Moore erschien und flüsterte "Ach komm, immer nur friesisch-blau. Mach doch mal was Buntes. Mit gelb und grün. Oder rot."

Die Sache ging, wie Sie sich denken können, nicht gut aus. Ohne Kompass nachts im nebligen Watt ausgesetzt stand es zunächst schlecht um den Wetterfrosch. Erst ein zufällig vorbeikommendes Zwischenhoch rettete ihn. Er nahm es als Zeichen, sich wieder der Meteorologie zuzuwenden.

Wir kommen vorbei an Ingrid Ingwersens Bio-Café.

Vegane Heißgetränke auf Hanf-, Hafer und Mandelbasis finden eine erstaunliche Akzeptanz bei den sonst eher konservativen Einheimischen.

Gerüchtehalber wird diese durch die großzügige Beigabe fairgehandelten Jamaica-Rums gefördert.

"Fair gehandelt" bedeutet in Rungholt übrigens traditionell, dass die Ware unter Ausschaltung des Zwischenhandels direkt einem angeschwemmten Überseecontainer oder dem Laderaum eines Schiffswracks entnommen wurde. Globalisierung, aber mit menschlichem Antlitz eben.

Fasziniert lauschen wir nun den Ausführungen von Prof. Dr. Gabriele Loch-Nesen, Inhaberin des Lehrstuhls für Unterwasserarchäologie und Steuerrecht der Störtebeker-Universität Rungholt. Ihre letzte große Expedition führte sie unter anderem zum sagenumwobenen Stöpsel von Atlantis.

Beim Stöpsel von Atlantis handelt es sich mitnichten um einen handelsüblichen Gummipropf, wie Sie ihn aus der Badewanne kennen. Nein, es geht hier um die Bronzefigur eines pausbäckigen Knaben, gar nicht mal unähnlich dem Manneken Pis. Nur halt mit einem Knoten im Schniedelwutz.

Atlantis' Erbauern war wohl bewusst, dass sich unter ihrer schönen Stadt eine gigantische, aus vulkanischer Aktivität gespeiste Methangasblase befand. Diese würde irgendwann platzen und die atlantische Kultur ins Verderben reißen.

So man nicht eine Art Überdruckventil schaffte.

Man entschied sich also, das überschüssige Methangas abzufackeln. Wo sein Brüsseler Kollege Jahrtausende später Wasser spie, da züngelte, wohl dem etwas sonderbaren Humor der Antike geschuldet, bei unserem

Bronzeknaben Tag und Nacht weithin sichtbar eine nie verlöschende Flamme.

Jahrhunderte lang funktionierte dieses Verfahren sicher und zuverlässig. Die Stadt blühte und gedieh.

Doch irgendwann geriet der wahre Zweck des Männleins in Vergessenheit. Eine erste Welle des Feminismus erreichte Atlantis. Man empörte sich nun über den flammenden Bronzephallus.

In einer aufsehenerregenden Nacht- und Nebelaktion versah eine ebenso begabte wie politisch aktive Schmiedin den Bronzepimmel des Knaben kurzerhand mit einem dicken Knoten.

Das Feuer verlosch, man feierte wild, Brüste wurden entblößt, was man bei so einer Gelegenheit halt so tut.

Dann geschah für eine Weile - gar nichts. Alles blieb ruhig. Bis man irgendwann unter dem als Touristenattraktion sehr beliebten Tempel des Apollon eine Tiefgarage baute, um der Besucherscharen Herr zu werden. Fröhlich pfeifende Arbeiter gruben sich tiefer und tiefer ins Gestein.

Bei der Ebene U3 wurden dann allerding schlagartig die Bauarbeiten eingestellt. Durch eine Explosion vorher ungekannten Ausmaßes. Die Gasblase entleerte sich schlagartig, Atlantis sackte in die Tiefe und das Meer, das bisher nur an seinen Küsten geleckt hatte, bedeckte es gnädig.

Fast niemand entkam der Katastrophe. Nur Patros Protokollis, seines Zeichens Stadtschreiber von Atlantis, schaffte es, sich und einige wichtige Unterlagen in ein kleines Segelboot zu retten. Die stürmische See warf sein Schiff hin und her und ihn schließlich an Rungholts Strand.

Ihm verdankt die Forschung wichtige Erkenntnisse über die Geschichte von Atlantis.

Und das Rungholter Stadtarchiv eine vollständige Liste säumiger Hundesteuerzahler des Jahres 9603 vor Christus.

Die Professorin beendet ihren Vortrag. Ihr Yogi-Tee mit Rum ist leider kalt geworden.

Die Gelehrte ignoriert charmant lächelnd hartnäckige Nachfragen, wo um alles in der Welt Atlantis denn nun eigentlich läge. Sie zündet sich eine Zigarette an und bläst belustigt eine kleine Wolke in den Raum. Auf dem Streichholzbriefchen steht "Hotel zur Rose, Lindau (Bodensee)".

Bevor Sie nun in eine Taucherausrüstung investieren und den Bodensee nach Spuren von Atlantis abschnorcheln: Die Dame hat einst über die dortigen Pfahldörfer der frühen Bronzezeit promoviert.

Apropos Pfahl. Noch heute trifft sie sich da unten mit ihrem heißblütigen Lover.

Kapitel 17 – Der Gunnar-Punkt

Überhaupt. Das nordfriesische Liebesleben. Wie bereits berichtet blieben früher die Rungholterinnen monatelang allein, weil ihre Männer auf Walfang waren. Man behalf sich dann mit Frischfleischimporten vom Festland. Eines dieser Lustobjekte hieß Gunnar und galt als Geheimtipp.

Sobald die Ehemänner wieder daheim waren, sorgten die Frauen sich natürlich. Was wäre, wenn ihr stürmischer Festlandshengst es nicht rechtzeitig aus Rungholt heraus-schaffte? Sie ahnen vermutlich, wie der Ausdruck "Sag mal, weißt du wo dieser verdammte G-Punkt ist?" zu-stande kam.

Es kam wie es kommen musste. Einer der Rungholter Gatten schnappte die Frage auf. Zum Glück war er nicht gerade die hellste Sprotte auf dem Kutter und ließ sich mit einer rasch erfunden Geschichte über einen gewissen Herrn Gräfenberg und was er *hüstel* gefunden hatte abspeisen.

Letztendlich bereicherte die Suche nach Gunnar, der nur erschöpft ein Nickerchen im Heuschober gemacht hatte und sich im Dunkeln durch Moor davonstehlen konnte, das Liebesleben der Rungholter immens und noch heute suchen sie ihn mit wahrer Begeisterung an dunklen Or-ten.

Seit alters her ließen sich sowieso die Rungholter Frauen von ihren nichtsnutzigen Männern nicht die Butter vom Brot und den Spaß an der Freud nehmen. Die sexuelle Revolution der 60er nahmen sie achselzuckend zur

Kenntnis. Sollten doch die Kerle ruhig auch mal oben liegen dürfen.

Teer- und Federvieh (2018)

Die Akzeptanz des neu aufgehängten Vogelfutterspenders bei den gefiederten Gartenbewohnern lässt zu wünschen übrig.

Zwei Eichhörnchen, 34 Mäusen und einer Ratte gefällt das.

Beobachtungstag 2.

Nicht einer von diesen angeblich vom Hungertod bedrohten Piepmätzen hat sich bisher sehen lassen. Nicht einer.
Aber zum brünftig Rumtschilpen habt Ihr genug Kraft oder was?

Beobachtungstag 3.

Füllhöhe Vogelfutter: maximal

Gesichtete Singvögel: 0

Frustrationslevel: erhöht

Update:

Reger Flugverkehr seit Nullneunhundert. Vermute gewerkschaftlich organisierte Meisen.

Beobachtungstag 4.

Der Ansturm ist beträchtlich. Die örtliche Singvogelpopulation scheint erstaunlich gut vernetzt. Ich habe Grund zu der Annahme, dass einer meiner Follower eine Meise hat. Ist. Ist meine ich.

Der ranghöchste Kleiber hat nun das Regiment übernommen und schlägt sich den Wanst voll. Ich google sicherheitshalber "maximales Startgewicht Boeing 737".

Beobachtungstag 5.

Dem Schwund des Futtervorrats nach zu urteilen beherbergt mein Garten mindestens einen Emu. Die sollen ja sehr scheu sein.

Satt und zufrieden hat sich die Vogelschar in das umliegende Geäst zurückgezogen. Leises Gezwitscher ist zu hören.

tschilp *tschilp* *BÖRPS* *tschilp?* *tschuldigung* *tschilp!*

Eine Maus sammelt knurrend die kläglichen Reste unterm Futterspender ein. Ach wär sie doch zur Luftwaffe gegangen. Als Fledermaus könnt sie jetzt irgendwo gemütlich abhängen und Winterschlaf machen. Stattdessen muss sie nun hier herumkrauchen zwischen Meisenkacke und Tannennadeln.

Die verwöhnten Blaumeisen haben unterdessen eine Petition eingereicht. Der Anteil an blanchierten Erdnüssen sei im Sinne einer ausgewogenen Ernährung zu erhöhen. Außerdem machten zuviele Sonnenblumenkerne Blähungen.

Ich erwäge einen dezenten Hinweis an den lokalen Mäusebussard.

Beobachtungstag 6.

Gesichtete Singvögel: 34.567 sowie eine als Haubenmeise verkleidete Maus

Futterpegel: 25%, sinkend

Gewonnene Erkenntnis: Vogelfutterwerk Zeisig&Schnabel liefert ab 2 Tonnen frei Laderampe

Vögel beobachten. So entspannend. Achja. Diese friedvollen Tierchen.

Erzähler: Schockiert von all der Gewalt wandte er sich ab, um nicht Zeuge zu werden, wie erneut der verfressene Kleiber eine Blaumeise vermöbelt.

Beobachtungstag 7.

Eine Haubenmeise beschwert sich lauthals über die mangelnde Auswahl. Von einem Zweig oberhalb des Futterspenders erklingt als Antwort wütendes Getschilpe, das für mich sehr nach "DANN GEH DOCH ZU NETTO" klingt.

Ich habe geschälte Sonnenblumenkerne nachgefüllt, es gilt ab jetzt das Faust- bzw. Schnabelrecht. Die höflichen Blaumeisen kommen nicht zum Zug und rotten sich zusammen. Empörung macht sich unter ihnen breit, es wird erwogen, das nationale Kleiber-Abwehrzentrum einzuschalten.

Natürlich kriegen die Vögel geschälte Körner in Bäckerqualität, nur das Beste für unsere gefiederten Freunde, da werden keine Kompromisse gemacht.

kaut traurig an einer Scheibe abgelaufenem Aldi-Knäcke herum

Beobachtungstag 8.

Wissen Sie noch, damals, als Aldi die ersten PCs raus-
brachte? Dieser Ansturm? Diese Schlangen vorm Laden?
Das Hauen und Stechen? Jetzt stellen Sie sich vor, die
Wartenden hätten Macheten gehabt. Im Blutrausch.
Dann haben Sie in etwa ein Bild der aktuellen Situation
am Futtersilo.

Erste Opfer sind zu beklagen. Ein Geschwader Blaumeisen fliegt eine Missing-Man-Formation. Rotkreuzkehl-
chen errichten am Rande des Schlachtfeldes ein Sanitäts-
zelt. Die Haager Landkriegsordnung ist temporär außer
Kraft gesetzt. Christiane Amanpour steigt aus einem
Taxi.

Von Ferne dumpfes Grollen. Geschützdonner? Nein.
Das Magenknurren des fetten Nachbarkaters. Leider liegt
das Gemetzel außerhalb seines Zuständigkeitsbereichs
und der Hund auf der Lauer. Zugegeben, der sieht schon
fesch aus mit dem Blauhelm auf den Schlappohren.

Beobachtungstag 9.

Der Futterspender schwankt trotz Windstille bedenklich.
Ich vermute einen Kausalzusammenhang mit dem sich
an ihn klammernden ausgewachsenen Buntspecht, der
die mühselige Jagd nach Schneck und Gewürm im Tot-
holz temporär gegen die bequeme Labung am Mischfut-
tersilo eingetauscht hat.

Eine Versammlung besorgter Blaumeisen auf einem nahegelegenen Fichtenast beäugt skeptisch, aber machtlos

den stark absinkenden Futterpegel. Buntspechte. Und was kam als nächstes? Steinadler?

"Specht muss weg" und andere spatzionale Parolen ertönen. Die Stimmung heizt sich auf.

Eine wohlgenährte Wildtaube labt sich an herabgefallenen Körnern unterschiedlicher Provenienz. Ein Grünfink ruft mit verstellter Stimme bei Wanderfalkenverleih Meyer an. Der Buntspecht hämmert, gestärkt durch einen halben Meisenknödel, eine nagelneue Nisthöhle in die tote Kiefer.

Beobachtungstag 10.

Trouble in paradise. Ein Eichelhäher, sozusagen der Ralf Stegner unter den Vögeln, vertreibt miesepetrig alle anderen Piepmätze vom Futterplatz. Die Lage klärt sich erst, als Woody Woodpecker, diensthabender Buntspecht, auftaucht und die öffentliche Ordnung im Nu wiederherstellt.

Einträchtig picken Amsel, Drossel, Fink und Specht unterm Futterspender herum, während oben der Kleiber damit beschäftigt ist, die unterschiedlichen Körner vorzusortieren und in alle Windrichtungen zu verteilen. Zwei Wildtauben und ein Eichhörnchen warten auf ihren Schichtbeginn.

Frau Blaumeise labt sich am Sonnenblumenkorn. Herr Blaumeise wartet einen Ast weiter. Ob er auf die Körner oder auf Frau Blaumeise scharf ist, da streiten sich die Gelehrten. Frühlings- und Hungergefühle sind halt wie beim Menschen von außen nur relativ schlecht zu unterscheiden.

Auch ein Wildtaubenpärchen kommt gern am Futterspender vorbei und labt sich am herabgefallenen Korn. Heute ist komischerweise nur einer der beiden da. Es ist bestimmt lediglich Zufall, aber mir scheint, als binde sich der Bussard drüben in der alten Eiche gerade ein Lätzchen um.

Da Tauben laut Brehms Tierleben nicht dazu neigen, freiwillig ihr Federkleid abzulegen, muss angesichts des Haufens grauweißer Daunen, den der Hund gerade erfolglos nach Fressbarem durchstöbert, von einem Verbrechen ausgegangen werden. Der Bussard telefoniert mit seinem Anwalt.

Beobachtungstag 11.

Die Futterstelle hat sich mittlerweile offenkundig in Vogelkreisen auch überregional herumgesprochen. Bin jetzt der einzige weit und breit mit einem Schwarm Flamingos im Garten.

Erste Klagen werden laut. Die Auswahl an Seafood ließe zu wünschen übrig und ob man nicht vielleicht auch glutenfreie Mehlwürmer bekommen könnte?

Ich klebe ein "Zimmer frei"-Schild auf den Kummerkasten. Zwei Meisenpärchen zeigen umgehend Interesse und beschimpfen sich lautstark.

Beobachtungstag 12.

Das öffentliche Interesse nimmt zu, seit in einschlägigen Fachzeitschriften über die hiesige Artenvielfalt berichtet wird.

Neben dem Flieder zelten Ornithologen, die BBC und ein Kamerateam von National Geographic haben sich angemeldet. Ich erwäge ein Bed&Breakfeast zu eröffnen.

Beobachtungstag 13.

Wir haben hier eine Situation. Ich wiederhole, wir haben hier eine Situation. Bewahren Sie Ruhe und bleiben Sie auf Ihren Ästen. Der Futterspender wurde gehackt. Im Verdacht steht ein ortsbekannter Buntspecht, der sich nach Angaben aus Sicherheitskreisen selbst radikalisiert hat.

Der feige Anschlag bewirkt, dass Erdnüsse, Weizenflocken und Rosinen leise, aber ungehindert zu Boden rieseln können. Schwarz gefiederte Krisengewinnler nutzen die Gunst der Stunde und erschweren durch Vernichtung von Beweismaterial die mühsame Arbeit der Spurensicherung.

Das Sondereinsatzkommando* sichert die Anschlagstelle mit Panzertape. Der Anblick des waidwunden Futterspenders ist herzzerreißend, schaukelte er doch heute Morgen noch wohlbefüllt in der leichten Brise. Die Opferschutzorganisation Weißer Meisenring bietet Unterstützung an.

*Ich

Beobachtungstag 14.

"Dieses energiereiche Fettfutter spricht vor allem Amseln und Rotkehlchen an".

Eine nahezu abgeschlossene Langzeitstudie lässt in mir langsam aber empirisch untermauert den Verdacht reifen, dass die ortsansässigen Buchfinken und Blaumeisen gar nicht lesen können.

Beobachtungstag 15.

Ein weiterer heimtückischer Anschlag wurde auf das Futtersilo verübt.

"Das war keiner von uns!" sind die zahlreich erschienen gefiederten Zeugen sicher. Der Täter wird übereinstimmend als stark behaart und gewaltbereit beschrieben. Das Eichhörnchen googlet "Verleumdungsklage".

Der Austausch der Kordel, an der das Futtersilo hängt, gegen einen dünnen Nylonfaden reduziert die Nuss- und Sonnenblumenkernverluste an nicht flugfähige Tierarten beträchtlich. Dafür weiß ich nun, dass die Eichhörnchensprache ausgesprochen reich an Schimpfwörtern aller Art ist.

"tschecktscheck" beispielsweise heißt "DUMME NUSS".

"tschickeditschecktschick" hingegen ist etwas furchtbar Obszönes, das ich um diese Uhrzeit unmöglich übersetzen kann. Gestatten Sie mir anzudeuten, dass ein überdimensionierter Tannenzapfen darin eine prominente Rolle spielt.

Beobachtungstag 16.

Im Morgengrauen offenbart sich, was verdächtige Geräusche und Hundegebell in der Nacht schon ahnen ließen. Der Futterspender liegt, fachgerecht ausgeweidet, diverse Meter von seinem letzten bekannten Aufenthaltsort in einem Gebüsch.

Schnell sind zwei Verdächtige ermittelt. Obwohl einschlägig vorbestraft, bestreiten beide vehement, mit der Sache irgendetwas zu tun zu haben. Einer verweist auf seine attestierte Erdnussallergie, der andere vermutet durchziehende osteuropäische Eichhörnchenbanden hinter der Tat.

Ihre aufgeblähten Bäuche erklärten sie mit Nebenjobs als Drogenkuriere. Die Ermittler halten dies für eine Schutzbehauptung. Misstrauen erweckt auch, dass im Rahmen der erkennungsdienstlichen Behandlung bei beiden Spuren von Markenfettfutter im Pelz nachgewiesen werden konnte.

Beobachtungstag 17.

Die Nist- und Brutsaison beginnt. Fachleute aus der Vogelfütterungsszene empfehlen, die gehackten blanchierten Erdnüsse aus biologischem Anbau noch weiter zu verkleinern. Für die Jungvögel.

Ich würg dann als nächstes vermutlich Stichlinge wieder raus für den Fischreihernachwuchs.

Frau Bachstelze blickt zwischen dem Hund und mir hin und her, hält den Kopf schief und scheint sagen zu wollen "Der könnte auch mal wieder gebürstet werden".

Ich gehe mal davon aus, dass sie zwecks Nestbau an Waldis flauschiger Unterwolle interessiert ist und nicht an meiner.

Zwei halbstarke Blaumeisenmännchen diskutieren lautstark, ob der Eiweißgehalt des angebotenen Mischfutters für die Brunftsaison ausreiche.

Opa Meise schüttelt den Kopf. Vor kurzem noch zu blöd, selbst einen Nachtfalter zu entgräten und jetzt einen auf dicke Schwanzfeder machen.

Das rote Eichhörnchen hat eine neue Taktik entwickelt. Es rutscht am Nylonfaden kopfüber zum Futterspender herunter, frisst soviel wie möglich in sich rein, rutscht nach ca. 30 Sekunden vom Plastikgehäuse ab, plumpst zu Boden, rennt den Baum hoch, auf den Ast, rutscht am Nylonf..

Das schwarze Eichhörnchen sitzt derweil kopfschüttelnd daneben und sammelt alle Erdnüsse ein, die durch die von seinem Kollegen verursachten Schwingungen aus dem Futtersilo gefallen sind. Ein Dompfaff fällt vor Lachen vom Zweig. Eine geschäftstüchtige Blaumeise verkauft Popcorn.

Beobachtungstag 18.

Mich erreicht die höfliche Anfrage eines Doktoranden des Fachgebietes Zoologie. Er promoviere über Adipositas bei Baum- und Gleithörnchen. Ich verspreche, Rothörnchen und Schwarzhörnchen zu fragen, ob sie ggf. bereit wären, ihren Körper der Wissenschaft zur Verfügung zu stellen.

Ich mache mir wenig Hoffnung, was die Kooperationsbereitschaft der Hörnchen betrifft. Da ich, wenn auch ohne dies aktiv betrieben zu haben, über ihre Ernährungsgewohnheiten bestens im Bilde bin, sage ich zu, dem freundlichen Jungforscher meine Vogelfutterrezeptur zu übermitteln.

Und so sehr mir die gefräßigen Gesellen ob ihres schändlichen Tuns auch auf die Nerven fallen, so ist mir der Gedanke, sie zu hehren Forschungszwecken dahingemeuchelt auf dem kalten Edelstahl eines Obduktionstisches wiederzufinden, doch zugegebenermaßen arg zuwider.

Beobachtungstag 19.

Aus prinzipiellen Erwägungen weigere ich mich beharrlich, das Futtersilo mehr als einmal am Tag nachzufüllen. Pech für die Piepmätze, aber ich sitze am längeren Hebel.

Hm. Wenn ich den Morsecode des Spechts gerade richtig entziffere, dann heißt das

"WIR WISSEN WO DEIN AUTO STEHT"

Beobachtungstag 20.

Die Durchschnittstemperaturen und das Insektenaufkommen steigen. Erdnussbetriebene Hochleistungsbuchfinken machen Jagd auf alles, was mehr als vier Beine hat. Der Andrang flüchtender Spinnen vor der Terrassentür ist kaum noch zu bewältigen. Langsam gehen mir die Asylanträge aus.

Der mittlerweile auch adipositasgeplagte Mäusebussard watschelt gelangweilt einer herausgefressenen Waldmaus hinterher, die unterm Futterspender diniert hat. Würde er sie noch vor Ihrem Wohnloch erwischen und niedermetzeln oder würde ihr Cholesterinspiegel sie vorher umbringen?

Der frisch zugewanderte Eichhörnchenmann wundert sich, dass die hiesigen Weibchen alle so willig sind. Anderswo muss man sie stundenlang durch die Baumkronen jagen. Er kann nicht ahnen, dass dies weniger an deren Wollust als an ernährungsbedingt verengten Herzkranzgefäßen liegt.

Beobachtungstag 21.

Sagt Ihnen die "kambrische Explosion" etwas? Als vor so 540 Millionen Jahren schlagartig allerlei Viechzeuch sich über die ganze Erde verteilte? Neueste wissenschaftliche Erkenntnisse legen nahe, dass auch sie durch ein konsequent nachgefülltes Futtersilo losgetreten wurde.

Lassen Sie sich übrigens nicht in die Irre führen, wenn auf Ihrem Vogelfutter "Für Singvögel" steht. Jedes Futter ist Bussardfutter. Manches halt eher, sagen wir, indirekt.

Und nun lassen Sie mich kurz diese für eine Kopfkissenfüllung ausreichende Menge Taubenfedern wegfegen.

Beobachtungstag 22.

Bei leicht geöffnetem Küchenfenster schlage ich mir gutgelaunt zwei Eier in die Pfanne. Das fröhliche Tirili im Garten weicht plötzlich betroffenem Schweigen. 548 empörte Vögel blicken in meine Richtung. Eine Kreuzotter unterbricht kurz ihr Sonnenbad und erwägt einen Hausbesuch.

So ein Vogelleben ist nur kurz, man lässt es daher bei einer Gedenkminute für den seiner Zukunft so schnöde beraubten Hühnernachwuchs bewenden und geht wieder zur Tagesordnung über. Die Kreuzotter gähnt und trollt sich. Ich würze mit Salz und frisch gemahlenem schwarzen Pfeffer.

Hier auf dem Land gilt, wie Sie merken, noch das archaische Prinzip vom Fressen und gefressen werden. Ein Regenwurm zwinkert mir verschwörerisch zu, als wolle er sagen "Am Ende kriegen wir Euch sowieso alle". Dann trägt ihn eine Amsel fort.

Beobachtungstag 23.

Post vom Landwirtschaftsministerium. Gemäß EU-Verordnung muss ich mich als gewerblicher Eichhörnchenmastbetrieb registrieren lassen. Erwäge Einstellung der Vogelfütterung. Empörte Meisen organisieren eine Protestkundgebung in Brüssel. Motto "Wir scheißen auf die Agrarlobbyisten".

Beobachtungstag 24.

Die garantiert nicht keimfähigen Saatkörner aus dem Qualitätsvogelfutter bilden mittlerweile eine kleine, flauschige grüne Wiese. Das Eichhörnchen fällt jetzt weich, wenn es vollgefressen vom Futtersilo abrutscht. Ich designe Flaschenetiketten für kaltgepresstes Sonnenblumenöl.

Beobachtungstag 25.

Nachdem der Hund sich mit einem Hirsekorn-Vogelkot-Gemisch den Bauch vollgeschlagen hat, bin ich gehalten,

Getreidereste, die sich unterm Futtersilo angesammelt haben, wegzufegen. Andernfalls erlischt umgehend die Futterspender-Betriebserlaubnis. Der Rechtsweg ist ausgeschlossen.

Sechs tief bewegte Amseln begleiten mich und die zusammengefegten Körner auf ihrem letzten Weg zur Mülltonne. Eine Nachtigall intoniert getragen den Trauermarsch von Chopin. Ich versenke kopfschüttelnd vier Kilo unverdauliche Bestandteile hochwertigen Markenvogelfutters im Kübel.

Beobachtungstag 62.

Am Futtersilo wurde ein Spatz gesichtet. Spatzen gibt es hier sonst nicht. Ich vermute, eine der ortsansässigen Bachstelzen hat Besuch von ihrem Cousin aus der Stadt. Oder es handelt sich um einen Vorboten der fortschreitenden Urbanisierung. Einen ziemlich verfressenen Vorboten.

Öffentlicher Nahverkehr (2017)

12 muntere Mountainbiker mittleren Alters schieben total verdreckte Drahtesel in die S-Bahn und motzen lauthals über eine leere Bierdose.

Einer der Radler, das Gehirn dank enger Radlerhosen und eingezwängten Gemächt bestens durchblutetet, pöbelt jetzt einen Anzugträger an.

Was er denn auch im feinen Zwirn zur Rushhour in der Bahn täte. Für ein Auto täts wohl nicht langen trotz vorgebundener Krawatte.

Der Anzug beschimpft daraufhin den Biker als frühpensionierten Studienrat, der jetzt auf seine Kosten an des Staates Zitze sauge.

Offenkundig liegt er mit der Diagnose nicht ganz daneben. Der graubärtige Mountainbiker sieht sich hyperventilierend nach seinen Genossen um

Es kommt zeitgleich zu einer murrenden Solidarisierung steuerzahlender Berufspendler. Auf der Eckbank rülpst ein besoffener Fußballfan.

Die Fronten verhärten sich zunehmend. Radikale Forderungen nach einem Mitnahmeverbot von Fahrrädern zu Stoßzeiten werden laut.

"Wohl ne Meise unterm Fahrradhelm"

"Bisschen Sport täte dir auch gut, fette Schlampe"

"Kampfradler"

"Bürozicke"

"Luftpumpenficker"

"Faschist"

Die Atmosphäre heizt sich bedrohlich auf. Die S-Bahn fährt in einen Bahnhof ein. Beschlagene Scheiben verhindern den Blick ins Innere.

Eine Frau mit Kleinkind will zusteigen, erfasst dank angeborener Reflexe die Situation blitzartig und hält ihrem Sohn die Ohren zu.

Zusätzlich tauschen wir 4 Anzugträger und eine Dame im Kostüm gegen einen Fahrradkurier samt Arbeitsgerät. In seinem Blick liegt Verachtung.

Die Mountainbiker blicken neidvoll auf seine gestählten Waden. Zwei Sekretärinnen interessieren sich offenkundig eher für seinen Knackarsch.

Dem Konflikt droht nun etwas die Luft auszugehen, als plötzlich ein Rollkoffer (Alu) gegen eines der Räder (Anschaffungspreis 3900€) prallt.

Der Umfang des Hinterrades lässt sich nun nicht mehr einfach mithilfe von Pi errechnen. Für Ellipsen nimmt man wohl besser ein Maßband.

Kenner des Herrn der Ringe werden wissen, dass Legolas morgen eine rote Sonne wird aufgehen sehen.

Denn heute wird hier noch Blut vergossen

Der Radbesitzer schlägt in blinder Wut auf den Halter des Alukoffers ein. Es handelt sich dabei um Petra K., ledig, 31 Jahre, aus Paderborn.

Sein Opfer geht wimmernd an der Lippe blutend zu Boden. Womit er allerdings nicht rechnet, ist der harte Knauf von Omi Wuttkes Regenschirm.

Mit dem Schlachtruf "MAN SCHLÄGT KEINE FRAUEN!" sorgt sie dafür, dass er sich fortan über Familienplanung keine Gedanken mehr machen muss.

Der Fahrradkurier reicht Petra K. ein makellos gebügeltes Stofftaschentuch. Man hört das Brechen von 20 Frauenherzen für die er verloren ist

Wir erreichen den Hauptbahnhof. Der Mountainbiker windet sich mit schmerzverzerrtem Gesicht am Boden. Omi Wuttke steigt um Richtung Schlump.

Auch ich will hier aussteigen. Vor mir baut sich ein bedrohlich aussehender tätowierter Typ auf. Puh. Er trägt Männerdutt. Als harmlos.

"Alter, merk dir, du musst Deine Threads DURCHNUMMERIEREN. Da blickt doch keiner durch sonst. Schönen Tag noch."

Der Dutt kann sprechen.

Die Mountainbiker heben ihre Räder über das waidwunde Rudelmitglied. "Wir müssen dann, Jakob. Wir sehn uns ja."

Jakob spuckt etwas Blut.

Er streckt die Hände nach seinem Mountainbike aus, das gerade von sachkundigen Fingern in vermarktungsfähige Einzelteile zerlegt wird.

Mit einem leisen Knacken rollt Petra K.'s Rimowa über seine Finger. Die Umhängetasche des Fahrradkuriers streift seinen behelmten Kopf.

Der Kurier lieferte gerade ein eiliges Ziegelmuster der Backsteinwerke Weber OHG aus. Das traf das TÜV-Siegel des Helms unvorbereitet.

Dank wohltätiger Ohnmacht schließt Jakob die Augen und überlässt sich den Selbstreinigungskräften des öffentlichen Personennahverkehrs.

S-Bahnmitarbeiter Samuel R. inspiziert nach Betriebsende Wagen 774. Er meldet den Fund einer zertretenen Brille und zweier Flügelmuttern

Mit geübtem Griff zieht er die Sprühflasche mit Spezialreiniger aus dem Gürtel und behandelt einige Blutspritzer auf dem Wagenboden vor.

Im Krankenhaus am Rande der Stadt wird derweil eine verwirrte Person, männlich, Mitte 50 behandelt.

Verdacht auf stumpfes Hodentrauma.

Als er aus der Narkose erwacht, zeigt sich Jakob unter den Verbänden erfreut, dass er sich immerhin wieder an seinen Namen erinnern kann

Lediglich die Frage, ob er schon länger nur eine Niere hat, verwirrt ihn ein wenig. Wohl die Schmerzmittel, denkt er, und schläft ein.

Ich betrete nach längerer Zeit wieder S-Bahn-Wagen 774. Wo der sich wohl rumgetrieben hat. Es riecht nach Kotze an angezogener Handbremse.

Die Türen in Fahrtrichtung rechts tragen gelbe "Defekt"-Zettelchen. An Ghetto-Stationen ohne Mittelbahnsteig wird also niemand zusteigen.

Überhaupt erscheint mir die Bahn doch überraschend leer angesichts der Tageszeit.

Nachdenklich betrachte ich den schlampig ausgeführten Kreideumriss einer liegenden Person neben der Haltestange im mittleren Türbereich.

Diese Graffiti-Künstler werden auch immer unprofessioneller.

Ungefähr dort, wo die Kreidefigur ihr Gemächt hätte, klebt ein ausgespuckter grüner Gummibär. Vermutlich Geschmacksrichtung Apfel.

Das Mordmotiv liegt nun klar auf der Hand. Erwäge, die Aufklärungsquote der hiesigen Kripo durch eine diesbezügliche Aussage nachhaltig zu erhöhen.